지금은 애인들을 발표할 때

류흔 시집

지금은 애인들을 발표할 때

달아실

일러두기

1. 본문에서 하단의 〉는 '단락 공백 기호'로 다음 쪽에서 한 연이 새로 시작한다는
   표시임.
2. 보조 용언과 합성 명사의 띄어쓰기 등 본문의 맞춤법은 시인의 의도에 따른 것임.

시인의 말

십년 동안
꽃의 배후에 숨어 살았다.

그간 아버지가 총총하셨고
나는 살아있다.
내가 살아있다는 사실에 반감을 가진 이가 있다면
틀림없이 애인들일 것이다.
서로 싸우느라 흙탕인 그것들을 벗기고, 구석
구석 씻어서 태양에게 보여주었는데
여태 마르지 않고 있다.

이 가당찮은 애인들을 드잡이 않고
의연히 눈감아준 아내와
그녀가 열렬히 사랑하는
그녀의 딸 류채은(柳彩殷) 양은
이 시집의 공동 저자임을 밝혀둔다.

2021년 12월
류 흔

차례

지금은 애인들을 발표할 때

2부. 급진적으로 권태가 왔다

3부. 광활한 내면(內面)으로 솟구치기를

4부. 견딜 만한 즐거움

5부. 분위기를 사수(死守)해야 해

6부. 서정에 꼴려서

7부. 음경은 개구리처럼 튀는구나

8부. 욱신거리는 가슴을 주무르면서

1부

믿어주실지 모르지만

오랜 벗에게서

오랜 벗에게서 전화가 왔네
조용하고 외진 곳에
잘 있다 말하려다 하지 않았네
뒤란 대숲 서걱대는 소리를 들으며
끝내 주소를 일러주지 않음도
참 잘한 일이다 싶네
문지방을 넘어온 그늘이 양말을 적셨으므로
나는 그것을 벗어 구석에 놓고 나서
뒤로 벌렁 누웠네
천장은 하늘만큼 높고
생활은 바닥같이 낮으니
부러 시 쓰려 애쓰지 않는다네
열어놓은 쪽창 밖으로
하늘에 우거지는 구름을 바라보고 있을 때
쓰르라미 울음인지
오전에 든 벗의 목소리를 내려놓고 나서
볼륨을 낮춰놓은 전화벨 소리인지
낮은 그곳으로 고개를 돌리네

나무와 나의 관계

믿어주실지 모르지만
나는 나무와 연애를 한다
어둔 숲에서
지조 높은 한 나무를 골라
몸통을 끌어안고 애무한다
과정 중에 나무가 표현을 하지 않는 점이
나는 늘 불만이지만
절정의 순간에 그가 흘리는 수액이
나의 그것과 별반 다르지 않음을
안다
은밀히 한다고는 하는데
울지 않는 새가 지척에서 지켜볼 때도 있다
우리는 깊이 사랑해서
그런 불편쯤 개의치 않는다
다시 한 번 고백하건대
나는 나무와 연애를 한다
솔직히 나무의 진심을 들은 바 없으나
나무와 나는 참으로 거시기한
그런 관계다

정물

조용한 사과 세 개와
과도하게 날카로운 과도(果刀) 하나.
위의 두 가지 정물이 깔고 앉은 쟁반까지
지금은 고요 모드.
스케치에 온 신경을 써야하기에
사과는 향기가 없네.
세 알 모두 조용히, 조용히, 조용히
이젤과 화판의 뒷면을 마주한 채 조용히.
과도를 그릴 땐 조심조심
혹 베이더라도 피 대신 칠해주면 되는 빨강 물감.
채색은 나중의 일이므로
그때 가서 베일 일.
쟁반을 운반할 때는 더 조심
떨어뜨리면 쟁 쟁 쟁, 쟁쟁하게 소리 낼 듯.
사과와 과도의 활동 반경을 결정해주는 쟁반.
그들의 딱딱한 방석.
구르는 것의 구심점이랄까 가두리양식장 같은 거.
구도에 따라 타원이 되기도
둥근 테두리를 지우면 바닥이 되지.
스케치는 꼭 4B로 해야 할 듯.
1B는 얕아.

4H는 높고
4B는 깊숙하지.
깊은 것이 숙성된 느낌, 또는 지속적으로 익어가는 세월.
유구하며 길지.
깊숙이 찔리는 사과와 가해하는 과도.
과도는 친절하다, 깎기 직전에 칼로 한 번 탁 쳐서 마취시키는
것을 보면.
과도는 과격하다, 살살 돌려 깎은 다음에 일어날 일이지만
정물이 아닐 경우 심각해지지.
사각사각.
아삭한 정물을 씹어 먹는 소리로 오인할 수 있으나
합이 8각인 4B 연필을 운행하는 소리.
그러니까 지금은 스케치 중.
사과 세 개와 과도 한 개, 그리고 쟁반을 그리네.
미리 정해둔 작품명은 정물.
배경이 있는
고요한 이름이지.

표정 연습

아침이다
얼굴에 표정을 붓고
주물주물 주물러서
주물을 뜬다
이것은 곧 굳겠지
이것으로 가면을 만들어
쓴다
이로써 나와의 관계가 이룩된다
굳센 성기처럼 주름을 펴고
어깨를 펴고
빤빤히 표정을 연습해
내면을 비울수록
자세가 당당해지지
자세히 보면
자세의 형태를 볼 수 있다
얼굴에도 자세가 있으며
사회에 가까운 얼굴일수록
가면이 필수다 그러니
써봐

가뭄

꽃을 발표하지 않으며 나무는 시들
시들 여위어가고 분량의 그늘도 뒤를 따랐다
유격 김 하사가 어머니! 외친 후
뚝 뛰어내리는 찰나에 잎 또한 그러하였다
버짐처럼 하늘이 말라갔고 속속 착지하는
태양의 군대를 보라 그들의 군홧발에 짓
밟힌 대지와 발설치 못하는 개울을 보라
풀썩 꿇어앉아 강을 바라보던 앞산의
무릎에 이는 먼지 말고 무엇을 보겠는가
꽁무니를 탈탈 털며 커피를 나르는 오토
바이 한 대, 양탄자 말아가듯 제방을
지우며 간다, 안녕안녕 돌아가는 길
다방은 읍내에 있어요 A양보다 어린
a양도 있지요 슬하에 그늘이 있는 우리는
화장이 두터운 꽃들, 피지 않았으니
꺾일 일도 없지요 어느새 꽃 대신 별이
빛을 발표하고 있군요 낮에 잘 마른 밤하늘에

어느 때에는

한 달포는 지났을까
좋이 몇 해는 흘렀을 것이다
수의는 썩지 않았나 만져본다
그리운 것이 그립지 않다니 신기하다
이러저러 간섭하는 이 없어 좋다
내장은 일찍이 삭아 시장을 모른다
고즈넉한 어둠이 어머니 자궁 속 같아 편하다
다만 한 가지,

마을 쪽으로 돌아눕고 싶다

시인의 아내

어떤 상태에 있는
시인의 아내는 불행하다, 이점은
시인해야 한다

한밤에 배가 고팠으므로
잠든 아내의 옆구리를 열어
간을 꺼내 먹었다
그 자리에 내 쓸개를 넣어주었다

아침에 일어난 아내는 입이 쓰다고 했다
나는 아침술이 취하지 않는다고 말했다

누가 먼저랄 것 없이
우리는 마주서서 격렬히 양치를 했다
그리고 부둥켜안았다

나는 배가 고팠다

지구에서 만났다

나는 지구에 온 사람
지구에 와서 동사무소에 등록을 했고
지구에서 아내를 만났다
지구에 와서 종일 중얼거리는 비를 만났으며
지구에 와서야 말없는 돌과
그보다 신중한 바위를 만났다
지구에 와서는 만나는 것들의 연속
목청 큰 천둥과 가시 공을 나에게 던지는
너도밤나무를 만났다
등을 둥글게 말아 엎드려뻗친 후
폭포 위에서 발광하는 무지개와
나처럼 지구에 온 사람 몇을 은밀히 만났다
많은 별 중에 내가 떠나온 별이
밤새 저렇게 울어왔다는 사실을 처음 알았다
요즘 아내는 나의 정체를 눈치챈 듯하다
저녁에 자세히 씻지 않았으며
돌아누워 새벽까지 정숙하다
그러나 나는 예서 사람이 된 사람
지구에서 잔뼈가 굵은 아내를 위해
나는 기꺼이 체류를 결심했다

고종高宗

짐이 진 짐
참으로 무겁구나
허나 백성이 진 짐보다
더 무거울까
상선(尙膳)*에게 일러
저잣거리 많은 짐들
죄 걷어 들이라 이르라
짐이 짐 질 것이니
짐 진 자들은
짐을 내려놓으라
짐은 사직을 내려놓을 테니

* 조선시대 내시부의 종2품 환관.

무인도

섬 하나를 사야겠다
지도에 나와 있거나
나와 있지 않아도 상관없는
섬을 사야겠다 로빈슨과
크루소처럼 알콩
달콩 이웃하여 사는 섬
지는 석양을 보며 크아
소주 한 잔 나눌 수 있는 섬
죽음을 향하여
천천히 헤엄쳐가는 거북등 섬을 사야겠다
그러면 무인도는
무인도가 아니겠지
그래, 세상 인연 다 떼놓고 가야겠다
모자를 푹 눌러쓰고
현금인출기를 찾는 범인처럼
아무도 없는 모래톱으로
잠입하는 밀물처럼

절편

시를 쓰며
이적지 이렇다 할 절편하나 짓지 못한 내게
햅쌀로 정성스레 빚은 그것을

어머니가 권하셨다

습작

책상 앞에 앉는다
공책 위에 올라 탄 손가락이 미적거린다
가도 가도 흰 여백일 뿐
끝내 소울은 없다
과거는 끊임없이 진화했고
내일은 오늘을 덮어올 것이다
지나치게 사적인 가족이
개별로 잠들어있다 방금
침대에서 떨어진 머리핀을 주워
귓속을 긁는다
덜걱거리던 내면의 소식들이
책상 위로 떨어진다 훅
그것을 불자 종이가 움찔한다
두려운 것이다 사소한 입김이
구애하는 손가락이
끝내는 더러이 강간당할 여백이
겁나는 것이다 그리워하다
죽을지언정 아무도 펼쳐보지 않을
가슴속 갈피에 열 개의
첫사랑이 적혀있음을
들키고 싶지 않은 것이다

문장다운 문장은 오후에나 완성될 것이다
저들이 깨기 전에
오늘은 아침을 적어야 하리

눈물로 지켜야 하는 것

정조는 지켜야 하는 것이다
궁녀로부터 정조를 지킨
호위무사도 그리 생각했을 것이다
이 점은 나의 신념과 일맥
상통한다 그러니 여러 애인과
상통하지 않겠다는 것이
나의 지론이다
밤에
그러니까 억수로 취한 밤에
어쩌지 못하고 당하던 그 밤에
호위무사 한 명 없는 처지를 한탄하며 꺼이
꺼이 동틀 때까지 나는 울었다
달리아 비누 냄새와 뒤집어진
내복에 관해 추궁받기 전에
다락같은 가마 속으로 숨어들어
광화문에서 화성(華城)까지
정조와 함께 수백 년 흔들리고 싶었다
나오라!
성 밖에서 고래고래 소리치는 아내여
성문은 절대 열지 않으리
먼 훗날 성이 허물어져

단란했던 돌이 틀어지고
바람에 흩어져 모래가 될지언정
나는 마음의 순결을 피력하리
지켜야 하는 생활과
지켜야 하는 밤과
지켜야 하는 역사를 생각하면 아으
눈물이 앞을 가린다

없는 방

아랫목에
방이 들어와 앉는다
밥상을 받고
고독을 씹는다 고독은
달콤하다 고독만큼
맛있는 것이 있을까

상을 물리자
방이 따라 나간다
빈 아랫목에
침묵이 앉는다 침묵은
조용한 치열(熾烈),
무서운 문장이 장소를 갉아먹고 있다

방은 돌아오지 않는다
아무것도 쓰지 않고 사는 삶에 의연해질 때까지
방은 그럴 것이다

돌아오지 않는 방을 그리워하며
방에 앉아있다 아랫목에 앉아있을 수도 있었지만
그러지 않았다

창문을 가려 낮을 재우고
입술 안에 말을 가두었다

아무것도 쓰지 않았다

8월의 숲

태양이 내려와 나무를 지지고 있다
숲에 들어가면 불똥이 튈 것 같아
포기한다 새들은 벌써 다 타버렸는지
조용하다 거기서 흘러나온 오솔길 한 줄기
엿가락처럼 늘어졌다 단내가 났다
나는 숲 전부가 보이는 곳에 서있다
오솔길은 곧 도착할 것이다
나는 그를 타일러 숲으로 돌려보낼 작정이다
나무가 숲을 지키고
숲이 나무를 안아주고 있으므로
걱정 말고 돌아가라 일러줄 것이다
밤이 오면 남은 불씨마저 하늘에 올라
자작자작 별무리 되어 깜빡일 테니

함구

손이 언제나 비어있음을
얼굴은 가면 속에 들어있었음을
짚은 이마 아래 서늘서늘
그늘이 흔들리고 있음을
바닥을 밟으며 살아온 줄 알았는데
밟히는 건 발등이었음을
이를테면 첫사랑 같은
잊을 수 없는 것을 잊고 있었음을
기꺼이 부딪는 것인데
바람에 깃 세웠음을
꽃씨마저 전생을 기억하는데
여태도 나는 나의 근본을 모르고 살았음을
최종적으로 나이기를 그만두었으나
지금은 내가 되고 말았음을

피의 도서관

선택은 필수지만
필수적으로 선택하다간 죽어요

주제가 흐리거나
맥락이 문어발인 책을 뽑는다면 당신
죽어요
타인의 손때가 묻지 않은 신간(新刊)에
지문이 찍히는 순간
죽어요

지금은 가나다순으로
사서들이 살과 뼈를 분류하는 시간,

당신이 원하는 책을 찾아주지 못하죠 그러
니까 조심은 필수

853 ㅍ 독일문학 외진 서가에서 방금 잡혀 온
연인을 보세요 이히리베디히 이히
이히히히 저들은 곧 피를 보겠군요

여자는 벼린 책장으로 손목을 쓱

남자는 책갈피에 끼워 팍! 덮어버리겠군요

핏핏 돌아가는 스프링클러처럼
사방 피가 튀고
터진 배에 내장된 문장이 꾸물꾸물 흘러나와요 그러

므로 우리 조심하기로 해요 사뿐
사뿐 다가오는 독신의 사서에게 걸려
한 아귀에 멱을 잡히거나
읽던 책을 압수당하는
비극을 경험하지 않으려면 당신
신중히
몹시 신중히 전화를 해요

형사에게
탐정에게

대출이 안 되는 정숙(靜肅)에게

이다, 라는 말

이다 는 말

이다 단정하는 말

이다 마지막 말

이다 말이 안 통하는 말

이다 설득하면 알아먹을지 모르는 말

이다 말도 안 되는 말

이다 헤어져야 한다는 말

이다 정부(情婦)든 정부(政府)든 말

이다 어느 편이 더 좋다는 말

이다 이를테면 말

이다 마침표는 찍자는 말

이다. 끝내자는 건 아니라는 말

이다 작정했다는 말

이다 발표가 안 되는 말

이다 시시한 말

이다 詩라는 말

이다 골치 아픈 말

이다 운문이라는 말

이다 짧아야 된다는 말

이다 아내의 염원과 다르다는 말

이다 시인한다는 말

이다 더는 논하지 말자는 말

이다 그러니까 말

이다 힘이 모자란다는 말

이다 시인이 직업인 줄 착각했다는 말

이다 무릎에 얼굴을 박았다는 말

이다 울었다는 말

이다 외롭단 말

이다 결론은 말

이다

처럼처럼

늙은 청춘처럼
지난 세월은 걷어차라
바람처럼 시간은 도처에 만연하다
비유는 기차처럼 연결된다
행과 행 사이
연과 연 사이
여백은 무덤처럼 조용하며
또한 단정하다
몽상처럼 상상이 치열해질 때
나는 비로소 생활을 꿈꾼다
운이 뒤집어져 공처럼 굴러가고
깔깔 웃던 소녀처럼 뒤집어진다
나는 언제쯤 나처럼 살 수 있을까?
당신은 당신처럼 살 것이다
부자처럼 갑(甲)처럼 혹은 여탕처럼
모든 궁금은 의문처럼 열렬하다
처럼처럼 비유들이 줄 설 즈음
저기 모퉁이를 돌아 질서처럼
순열처럼 칙폭칙폭 기차가
선수처럼 뛰어온다

달린다, 버스

버스는 열렬히 달린다 차창에
풍경이 필사적으로 붙었다 떨어졌다
그것이 안쓰러워 눈을 돌린다
때로 나의 단호함이 싫다
앞에 아가씨가 화장을 고치며 손거울로 뒤를 살핀다
나는 허리춤을 단단히 여몄다
때로 나의 단호함이 싫다
옆 차선에서 한 무리의 남녀가 춤을 추며 지나갔다
관광버스는 묻지 않는 게 예의다 이런 것은
부러워 말자, 라는 게 나의 생각
때로 나의 단호함이 싫다
대규모의 들판이 버스 안을 두리번대기 시작했다
서울 속초 간(두 시간)이 지나친다
아무래도 들판의 관심이 지나치다
저 들의 곡식은 저들을 먹여 살릴 것인가
커튼을 치자 붙어있던 풍경들이 우수수 떨어진다
때로 나의 단호함이 싫다
아가씨는 여태 거울을 보는 중이다
버스는 열렬히 달린다

운문사

산문에 들었으되
시 짓는 중은 모두 운문사로 옮겼습니다

바쁜 발을 동당거리며
운문운문
혀 짧은 운(韻)을 던지고
받으면서 운문사로 몰려갔습니다

예부터 운문사에서는
행 나누듯 고랑 갈고
연 나누듯 도량을 짓습니다
하루치 울력이 끝날 즈음
뜨거운 노을에 시 한 편 굽습니다

처음에 나는
시를 쓰려면 꼭 운문사에 가야 하는 줄 알았습니다
머리 깎고 중얼중얼
불경을 외야 했고 급기야는
처자식과 이별도 고려했습니다만

결국은 주저앉아

대처시인이 되고 말았습니다
다음에 다시 태어난다면, 정말 그리 허락해주신다면
이 땅의 순결한 중생으로서
일찍이 운문사에 들겠습니다

베이커리 살인사건

1
단팥빵 곁에 포크가 누워있다
간단의 오른편에 명료가 바투 앉듯
궁극적인 사건 앞에 뱃가죽이 있었다

벌어진 피부에서 빵이 흘러나왔다
찔린 것은 클랙슨의 중저음,

빵빵대는 두 개의 빵은 피투성이 되었다 팥을 감싸 안은
붉고

무서운 빵

2
빵에서 나왔을 때 빵 대신
두부를 먹었다

추억은 순간에 지나갔다

모든 것은 빵으로부터 비롯된 일

(매체에서는 반죽과 사건을 혼동한다)
세월처럼 슬픈가?
(살인자는 너무 울어서 삶이 다 젖었고)

분노는 충분히 발효되었다

3
무엇을 더 기다려야 하지? 드디어
부풀 때가 되었으므로

명성만큼 익었다 높고
그윽한 시취(屍臭) 맡으며 눈 감는다
탄생은 죽음과 같은 빛깔,
배가 불렀으나

포크를 다시 집었다

근황

나는 무럭무럭 자라서
내가 되었다

과정이 순탄치 않았으나 결국
내가 되고 말았다

나의 적들은 나를 적으로 인정해주었고
은인은 예의
은인자중을 권하였다

그간 아버지를 잃었으며
아버지는 여전히 조언이 없으시다

친구에게 얻은 술로 우쭐해서 돌아가는 골목길
개가 없는 가로등 아래 서서 부르르

나는 어깨를 떨었다

축구 졌다

지기 위해 산다
첫사랑에게 졌고
결혼해서는 아내에게 졌다
딸에게 이유 없이 져야 했고
죽은 아버지에게는 죽어서도 지겠지
가장인 나는 생활에 진다
다 진다
술 먹을 때 술을 더 먹은 친구에게 지고
아침 베란다에는 꽃이 졌다
지는 것이 무엇이냐
저녁에 노을이 지고 어제는 라이온스가 지고
아아 이승엽은 돌아올 것인가 사자는
끝내 승리할 것인가 세렝게티에서
사자에게 진 기린은 키가 낮아졌을까
언젠가는 기린이 사자의 갈기를 뜯어 들고
나는 지지 않았노라!
초원에 외치기를 바란다
이 초원,
이 아침의 잔디
조기를 구워놓고 기다릴 집으로
반드시 이기고 돌아가야 하는 조기
축구하는 주말에

기다리는 마음

나 아직은 이곳에 기다린다네
그 옛날에 기다리겠노라 약속했던
그 사람 기다린다네
여기 선 채 언젠가는 폐허가 되겠지
허물어진 몸 바람에 날리고
마침내 바람마저 떠난 고요가 되겠지
아아 그제야 기다림은 돌아갈 것인가
검은 밀림 속에서 유적이 발굴되듯
많은 세월 뒤에 그대가 나를 발견하겠지
파헤치는 삽날에 반짝 빛나는 것을 줍는다면
그것은 심장 속 두근거리던 진심이겠네
꼿꼿이 서서 나부끼던 마음이겠네

배꼽

옷을 벗으면 보이는 애인의
배꼽에 깃든 어둠

주름진 그곳에 낀 여러 개 어둠들은
왜 그리 빛나던지

나는 애인에게 권유했다
당신 배꼽으로 콘서트를 열면 어떨까?

애인이 침대에서 일어나며
나는 뺨을 감싸 쥐어야 했다

나중에 알았다 배꼽은
칭찬이 어울리지 않는 부위였음을

배꼽 아래 수풀을 위해
태초에 감춰논 우물이었음을

희망은 있다

희망은 있다
희망은 없다

있고 없음 가운데 희망은
있는 자의 것

나는 희망이 보육원 이름으로나 쓰여지기를 바라지 않는다
희망이

희망하는 모든 이의 대표가 되기를
헤어지며,
다시 만날 것을 위무하는 모든 사랑에게
방법이 되기를
희망은

희망으로 끝나지 않는다
희망이 희망으로 끝난다면
누가 희망을 꿈꿀 것인가

희망은 분열하는 원소(原素)다
너무 작아 눈에 담을 수 없는

안개 걷히면 보이는

거대한 대륙이다

이를테면

이를테면 이를테면 이를
테면 내가 죽었다 치자
정말,
죽었다 하자

먼 훗날은 오늘에 왔고
오늘은 그날이다
그날은 먼 훗날이라 안심했던 그날 가운데 하루였고
오늘이 그날일 것이다.

나는 죽었다

죽은 것은 나이며
나의 시간이며
나의 사랑이며
나의 생활이다 이를

테면 그렇다
밥이 그렇고
밤새 내리는 비와 도톰
도톰 창틀에 앉던 눈이 그렇고

첫사랑에 훌쩍이던 콧물과
홀짝이던 자작(自酌)이 그렇다
어제는 끝났다

미학적으로 끝났다는 건 지극히 아름다운 것

하회의 겨울과 부용대(芙蓉臺)
벼랑을 기어오르는 얼음
처마에 매달린 고드름 끝에 순간 빛나는 얼음
지구에 있는 모든 얼음과 미네소타의
지하 통로를 지나는 충혈된 성기의 경직처럼 단단한 얼음
서정(抒情)이란 1도 없는 아름다운 얼음들!
나는 얼었다, 이를

테면 그렇다 내가
지금 죽어있을 테니 꼭
꼭 나의 동토(凍土)를 밟아달라 꼭
꼭 숨어라 머리카락아 이를
테면 머리를 뗀 카락아
카락이 움켜쥔 볼아
볼에 빛나는 석양아, 아

아 아름다워요 지는 해를 관조하며
세계의 삶을 관망하죠
볼을 비비고
볼을 갈기고

시(詩)를 후려갈기죠

시는,
시시해요
우리가 나란히 서서 오줌을 눌 때
서로의 것을 읽으며 평가하듯
시시해요

시를 내갈기면 후련할까요
이를테면

이르죠
내가 죽기까지는
세상이 다 자랄 때까지는
이르죠
>

이르는 것은 다다르는 것

아름다움에 다다르기까지
나는 더럽습니다
오줌을 누다
실수로 오줌을 묻히죠 손을 씻지 않고

시를 써요

절대 두 번은 쓰지 않아요
시시하니까 이를
테면 그래요 오늘은

내가 죽었다 친 날이니까
그래요, 봐줘요 이를

테면 나는 죽었다!

아버지가 죽었듯이 윤리와
개가 죽었듯이
릴케와 낙엽과

시몬이 죽었듯이
모든 일 년 중에 기일(忌日)이 죽었듯이 이를
테면 시가 죽었듯이
아침에 현관에서 꺾어 신은
뒤꿈치가 죽었듯이 이를
테면

신(神)이 죽었듯이

채소의 감정

텃밭에 씨를 뿌렸다 모쪼록
종(種)을 잇게 해주려는 마음이었다
그것들이 스스로 싹을 올리고
제법 자랐을 때 뜯어먹으리란 의도는
애초에 터럭 한 올만큼도 없었다
우산대와 노끈으로 테두리를 지어
그들이 도망치지 못하게 가두었다
족쇄 대신 그림자로 발목을 묶었더니
개미들은 기꺼이 망루를 세워주었다
지난 비에 고랑을 따라 물이 드셨고
헛디딘 배추벌레 황망히 떠내려갔다
물길밖에 길이 없었으니
인기척과 조루가 여러 번 다녀갔다
계절이 바뀌며 드물어진 그 자리에
작고 단단한, 번들거리는 감정을 다시 묻었다
흙 속의 고요는 끝내 말이 없었으므로
나는 그들의 이유를 모른다

숨

호흡이 나를 힘들게 한다 지나치게
거듭하는 호흡

함구(緘口)와 다른 심심함을 위해 먹고
일하고 잔다
먹고 일하고 자기 싫은 사람부터
숨을 멈출 것이다

적(敵)으로부터
적(的)으로부터

비롯되는 모든 적으로부터

숨 쉬는 태양과
활엽수의 안팎

현미경이 고개를 수그리고 집중하는
개구리의 심장 고스란히
숨이 되는 박동! 단언컨대
조만간 숨이 읽히지 않으리
　＞

숨은 어려워서
고쳐 쓰기 어려운 침묵, 이때 침묵의 입자가 좀 흔들리고
침묵은 공기를 박박 긁어댄다
하루치의 공기를 먹는다면
그만큼의 침묵을 섭취할 수 있겠다
당신에게만 알려주는데 이것은
말없이 살 수 있는 비법!

숨만큼 많은 말과
말보다 많은 숨

세상의 공기는 말과
숨으로 비좁아졌다
아버지는 내게 삶을 주려고
숨을 멈춘 후
공기를 남기고 가셨다 아버지
고마워요
그리고 오늘은 간절하게 간절하게

어디선가 아이가 태어났다

과거의 내일

내가 잘못 버린 초고(草稿)를 찾아
바람은 사색이 되어 돌아다녔다
뒹구는 얇은 밤의 페이지,
맞은편에서 걸어오는 이는 애인이거나
적(敵)일 것이다
사는 날은 살아있는 동안만 흐르고
마지막은 어느덧이 되었다

어느덧 아침이 되어
창가에 앉아 오늘의 날씨를 설명하는 새를 들으며
천천히 걸어오던 길이
재빨리 지름길로 접어드는 원경(遠景)을 목도하였다
이제 아침은 두렵지 않다
현상(現象)은 대부분 온건하였고
바닥은 바람을 일으키지 않았으므로

나는 종일 심심할 수 있었다
편집자의 차원에서 하늘은
켜켜이 끼워 넣었던 구름과
누워서 던져 올린 사색을 배열하고 있었다
간간히 언더라인을 그으며 여객기가 지나갔으나

그게 무엇을 강조하는지
어디로 가는 과거인지 아무도 모른다

저처럼 사라지고 마는 여정을 보며
견딜 수 없는 부끄러움과
그리움을 생각하기 시작했다

기일

솔직히 말해 나는
솔직하지 못했다

죽을 때까지 죽지 않기 위해 애써왔음을,
시인이었으나
시인하지 않았다
오늘을 삼키고 가버린 어제와
그것들의 소굴인 과거를 향해
찍소리 못 했다 못이 아니었으므로
어디 한곳에 박히지도 못했다
나는 기쁨의 천적!
태양이 나를 찾아 뜨거운 눈을 두리번거릴 때
나는 아침 대문을 걸어 잠근다
방은 오도카니 구석에 앉아있으며
적당한 어둠으로 차있다

생각해보니 세기말은 지나갔고
새로 태어날 세기말 전에 우리는
장렬히 죽을 것이다 치열한 전쟁 끝
어디 묻힌지도 모르는 첫사랑처럼 불쑥
기억과 한숨이 묘비 위로 솟아오를 때

누워있는 추억과 사물 곁에서
끝내 들리지 않을 기도를 생각한다
나무의 갈라진 질 속으로 들어가는 벼락과
지각(知覺)하는 거대한 신음을 생각한다 이는
발명처럼 충동적이다

낮에는 천막 위에 앉아 태양을 피하다가
저녁에 치즈 발라 아랫목을 구웠다
뒤란에는 아무 말하지 않는 개구리
그의 여윈 다리는 떨지 않을 것이다
가을 하늘이여 더는 양 떼를 몰지 말라
무슨 상관인가, 저녁과 구름이 멀어져
마침내 자리에 누워 보는 저 납작한 별들을
언젠가는 도배사(塗褙士)가 쓱 덮어가겠지
이런 슬픈 생각 따위 잊으려 머리 흔들며
나의 베개는 흥건흥건 밤새 젖어갔다

아침이 되자 가슴이 무너졌다
줄 서서 국방색 모래자루를 옮기는 젊은이들
군인들이 무슨 죄람?
가슴이 다 쌓이자 기쁨이 범람했다

나는 슬픔의 천적!
죽은 아버지의 영혼과
죽은 아버지가 다시 태어난 가정(家庭)의 좌표를 알고자
나는 결코 도배사를 부르지 않으리
새로 붙인 야광별을 향해 걷고
걸어서 당도한 천장 아래

판교사거리

내린 비가 다시 올라간 오후
많은 것을 데려갔는지 거리가 한산하다
텃밭 상추 솎은 듯 차가 듬성듬성한데
급한 경적(警笛)은 뿌리째 뽑혀나갔다
낮거리를 마치고 나온 고추잠자리 시치미 붉고
또각또각 구두 소리 되새김하던 보도블록들
제 몸에 납작 엎드린 껌처럼 조용해졌다
정류장에 묶어둔 배 한 척 보이지 않으니
저기 들어오는 마을버스 정박하기 좋겠다

겨를

겨를이 없었다
무엇에 대해 그럴까
겨를이 있었다면
무엇에 대해 그랬을 것이다 케 세라
세라 왓 윌비 윌비 비굴하게도 나는
겨를이 없었다 사는 것에 대해
울먹이기 전에 나오는 콧물에 대해
내연녀와 내연기관의 운동에 대해
밑변이 윗변보다 짧은 피타와
고라스 형제의 정의에 대해
정의보다 높은 정의(正義)에 대해 더
더구나 시에 대해
겨를이 없었다
겨를에 관해 얘기하고 싶었는데 솔직히
그럴 겨를이 없다
문법의 관점에서,
겨를을 착상한 건 기적이다 기적을 울리며
기차가 오고 있다
산에서 산을 뽑아내거나
산 하나쯤 간단히 구겨 넣을 수 있는 안개처럼
겨를은 겨를을 감춘다

안 개는 안개들,
겨를의 입자는 상세하며
겨를의 자세는 순간적이다
늦은 귀갓길에 따라오는 여자의 구두 소리조차
겨를이 없어 돌아보지 못하므로 탁
탁탁 나는 뛰어간다
그러나 지금은 여유론 나의 겨를들,
이를테면 게스트하우스 스텝인 겨를
시시콜콜 자세한 겨를
가문여름 가문비나무 아래서 비긋는 겨를
겨를조차 없는 겨를이
있었다, 무엇에 대해 그럴까
무엇보다 겨를은 겨를의 디렉터
박물관에 가서 감상한다
좋은걸?
겨를이 혼잣말로 감탄했다 제가 유물인 줄 모르고
1관부터 이제 막 관람을 시작했으므로
알 겨를이 없었다

젖는다

젖는다
프라이팬 위에 놓은 고기의
온도가 젖는다
젖꼭지를 문 아기의 미소가 젖어간다
한 입술이 다른 입술에 젖는다
허리 속으로 손가락이 젖는다 안 돼! 가로
젓는 머리가 젖는다
흐리멍덩해지는 신음의 팔방
연속무늬가 무늬무늬 젖는다
불분명한 속도로 번지는 좌표들
원소와 원소가
입자와 입자가
때로 정자와 난자가 적극적으로
젖어간다
이 거리에서 젖는 일은 우산보다 흔한 일,
여자가 젖고
남자의 바지가 젖었다
호루라기가 젖고
호루라기의 음성이 젖는다
탁탁탁 골목이 젖고 사건이 젖고 무엇보다
직전이 젖는다

직후라면 어떨까?
무언가 잦아든 직후라면
나는 회한에 젖을 것이다

공기들

무수하고 흔한 공기를
나는 사랑해
언제나 느낄 수 있지만
악수하거나
인사조차 할 수 없는 공기를 생각해
공기, 라고 말하면 숨 막혀
폐일언하고 나는 죽겠네
공기가 다하면 인생이 다 가고 말아
나는 아이에게 공기를 쥐어주네
죽을 때까지 놓지 말고
마실 수 있을 때 마시렴
그러나 나는 맥주를 마신다
빈 술병 속 투명한 공기가 쓰러진다
투명한 공기는 투명해서
쓰러지는 태도를 숨길 수 없다
가늘고 마른 오후를 견디는 때
시간은 공기를 참아준다 답
답한 가슴을 열어주는 공기의 손
빌린 책에 잉크를 엎지르듯
나는 공기에게 기침을 뿌렸다
무수한 느닷없는 공기들을

나는 사랑해
공기의 질을 헤치고
절정을 쏟아 넣는다
이것은 지극한 행위
이것은 지극한 정성 이것은
지루한 습성, 비가 왔다
공기가 젖었고 공기가 푸르르
어깨를 털었다 나는 무엇을 털었는가
공기는 여념이 없다
나는 무엇을 털었을 수 있다
공기의 손바닥에 흐르는 얼룩들, 무수하고
식어버린 공기를 사랑해
아침 식탁에 놓인 한 공기의
공기를 사랑해
아니야 나는 공기를 사랑하지 않는다
입이 막히며 떨어지는 시즌의 잎
입이 막히며 살인을 시작하는 공기여
그러나 나는 공기를 발견하지 못했다
등신불로 서서 견디는 나무를 목격하기 전에는
지독한 하루가
하루 더 불타오르기 전에는

버스는 가을에 온다

저녁에 버스가 왔다
정류장에 멈추었는데 나는 타지 않았다
버스는 노선이 있었지만
저녁에 버스를 타지 않는다는 것이
나의 노선이다

출발하는 버스 뒤 범퍼에 노을이 올라탄 것을 보았는데
몇 정거장 못 가
저 버스는 전소될 거라 확신했다

나는 버스에 승객이 타지 않았음을 기억해내고
참 다행이라 생각했다
10월의 밤하늘은 전통적으로 반짝였으므로
은하수를 끌어와
전격적으로 진화할 수 있겠다 생각했다

나는 버스들이 지나며
바짓단에 붙여놓은 나뭇잎을 툭
툭 털며 일어섰다
기다림마저 돌아가고 없는 정류장에

이후로도 버스가 오고 갔다

나무

나무만큼 나무랄 데 없는 목숨이 없다

사시를 알고
사철을 배워

거동 참 신중한 지식이여

신라호텔에서 약속했다

친절은 끔찍했다
편의점은 오늘도 편치 않았고
무심코 내려놓은 발바닥 아래
약속과 함께 보도블록이 기우뚱거렸다
충무로에서 동국대학교 후문을 구경하며
신라호텔에 도착했다 신라는
신나 라고 발음하면 안 된다 신라는
실라 라고 읽음이 옳다 실라호텔에는
준마를 맡기고 투숙한 화랑이 많다
객실 창문을 하나둘 커튼이 지워갈 때
신부들은 다투어 잠옷으로 갈아입는다
지배인이 친절히 인사를 했다
인사가 만사였으므로
나도 예의바르게 인사해주었다
나는 화랑도 신랑도 아닌
이 나라의 평범한 낭도지만
결코 그에게 지배당하지 않겠노라 다짐했다
결국 실라는 망했다 줄여서
실망
마침내 관창이 애마에게 업혀 돌아왔을 때
나는 커피숍에서 단테를 읽고 있었다

단테가 방금 신곡을 발표했다
기다리며 들은 단테의 노래는 지루하고 느려서 안
단테 안단테
고민 끝에 아메리카노를 주문했으니
미국은 아니라는 결론이다
트럼프와 노름이 무에 다른가
지옥과 천국의 거리는 어떠한가
베아트리체와 선덕은?
그의 브리핑을 들어야 하는데
계백은 여태 황산벌에서 오지 않고 있다

108

절에 가서는
절을 잘 해야 한다

열 번이고
스무 번이고
부처(部處)에 속한 공무원처럼
조아려야 한다

일 배
이 배
한 나무에 백팔 개의 배가 열리기를 고대하며
우리는 무릎을 찧어야 했다

너는 괜찮으냐?
나는 관절이 다 나갔다

그래도 일어나야 한다
그리하여 엎드려야 한다

극락과
자비가 수두룩할 때까지

2부

급진적으로 권태가 왔다

남한산성과 나와 정신없는 잠

십중팔구 잠으로 돌아가는 하루에 관해
나는 무얼 더 얘기할 것인가

아침 식탁 위에 놓인 통조림 뚜껑을 따자 우르르
통조림 속으로 거실이 들어간다 창문이 통째 들어
갔고 베란다가 거의 들어갔다
베란다에서 보이는 중학교 운동장 골대가 날아와 들어가려는
참인데

<뻥 소리가 나지 않으면 이 통조림은 골인이 아닙니다> 적힌
라벨을 보았다 잠이 온다
잠이 올 리 없는데 이상했다

남한산성 간다 순전히
잠을 몰아내려 간다 눈꺼풀을 끌며
끌며 가는 잠의 거대한 발자국 잠
잠 잠 잠 이런 족적을 찍으며 앞서 걷는 잠
잠의 말없는 행보 잠잠한 함성

성벽 위에 군사가 몇 있었다
임금이 항복을 위해 산을 내려갔는데

삼지창 꼬나 쥐고 두릿두릿 경계 중인 군사 두엇을
본 것도 같았다 잠이 온다

남한의 모든 산성을 대표하는 남한산성
골짜기에 잠이 흐르고 잠에 깔린 돗자리와 백숙과
오랜 잠이 존재할 뿐
끝내 깃발을 내던진 졸개와 줄을 묶지 않은 개와 우우
몰려와 따귀를 때리고 가는 바람이 있을 뿐

저녁으로 돌아가는 오후처럼
미래로 속속 귀환 중인 치욕이 있을 뿐
더는 무엇이 있겠는가 잠이 온다
잠은 망루에 올라 나를 경계한다
잠은 나의 적

전황이 불리하다
비가 내리기 시작했으므로
파전은 맛있다 휘휘 손가락으로 저으며 졸음이
동동 뜨는 동동주와 어느 음료회사의 플라스틱 의자에 앉아
잠이 오려는데
　＞

무릎에 묻은 진흙을 털며 올라오시는 임금이 보였다 잠이 온다 남한에서

가장 큰 잠이 온다 경례를 하자

서커스 곰

곰이 물구나무를 서자마자
문이 생겼다

문을 열고 나간 곰은 끝내 돌아오지 않았다. 조련사는 몰랐다

문을 뒤집어야
곰이 돌아온다는 비밀을

노동을 하자

언제나
시를 쓸 수 있을 거라 안심하지 말자
노동이 생활의 층위(層位)일 때
고독이 몸부림치며 떠나갈 수 있으니
강철나뭇잎은 더 이상 물들지 않으며
영원히 가지에서 뛰어내리지 않을 수 있으니
더는 시에 관해 다짐하지 말자

우리는 새로운 좌절에 익숙해야 한다
좌절은 왼쪽으로 꺾였으며(나는 오른손잡이다)
대체로 친절했다
친절한 전태일은 노동을 하다 돌아갔고
친절하기 그지없는 김남주는 노동을 쓰다 돌아갔다
세기말이 흔적 없이 돌아갔지만

다른 세기는 새벽에 오거나
주먹에 있었다
오랜 공포는 지루했고
나는 신도시에 살고 있다
구획 바깥에 암(暗)적인 존재가 있었으므로
나는 신도시에 살고 있다

저녁이면 노을을 물고 돌아오던 까마귀들이 유리창에 부딪혔고
나는 어디에 살고 있는지 모른다

밤중에 태양이 떴다
태양에선 풍랑이 일어 속이 뒤집혔다
토했다(가로등 발목이 다 젖고)
아침에 별이 떴다
북극성은 어디 있나
나는 북극성을 보며 오차 없이 길을 잃는다

저녁이 되어서야 퍼뜩
생활이 떠올랐다 생활의 범위가
정부(政府)에 의해 결정된다는 풍문에 대해
창문은 듣고 있을까 십자가 형태의 창틀에 매달려서
태양을 경청하고 있는 유리는 알고 있었을까
그리고 시는?

나는 그것을 어찌해야 할지 모른다
노동은?
나는 아직도 그것을 해야 할 것이다
삽을 놓고

편직기(編織機)를 놓고
몽키와 해머와 책을 놓고

그도 아니면 볼펜을 놓고 돌아간
친절한 사람들의 현장으로
돌아가야 한다, 그리고 삼세번은 살아야 한다
살아야 한다 살아야 한다, 결정적으로
살아야겠다

가뭄

바짝

웅덩이가 마르자 하늘은

하늘로 돌아갔다

껴묻거리로 순장(殉葬) 왔던 구름까지

도망치고 말았다

녹차 밭 그 여자

녹차 밭에서 여자를 만났네
녹차 밭에서 여자를 만났다네
녹차 밭에서 한 여자를
만났네 쌉싸래한 여자를
만났다네 순간적으로 마음을 던져
그 여자를 맞혔네
녹차 밭에서 여자를 만났네
여리디여린 순을 똑똑
따고 있는 한 여자를 만났네
연두의 눈빛으로 초록의 마음으로
돌아가 덖어질 잎들
잎만 말고 나도 덖어줬으면 했네
손톱에 물든 풀빛 같은
녹차 밭에서 여자를 만났네
그 여자와 읍내 다방에서 만나
녹차라도 커피라도
아니면 복숭아넥타라도
무엇이든 마시고 싶었네
녹차 밭에서 만났던 여자
비밀스런 그 여자를
이제와 진심 잊지 못하네

솜사탕

다 빨고 남은 아이스께끼 꼬챙이를 하늘에 대는 아이

지나던 구름이 걸려서

오도
가도
못 한다

환기미술관

여기는 바람이 잘 통하지
그건 이 미술관의 장기
백 살 먹은 남관이 기념으로 그림을 내걸고 있었어
제목이 빨래인 그림이 옷걸이처럼 걸려있었지
격물치지(格物致知)의 정신으로 관람하는 두 여자
설(說)이 없는 작품은 처음 봐
비평은 모든 설로 이루어져있다고 생각해
무엇이 있는 정물들
정물 가운데 무엇이 없다 해도 무엇이 있는 정물이 될 수 있을까
설설 기며 살아온 인생
누군가 나의 삶을 비평하겠지 설을 풀며
썰을 풀며 예술과 인생은 다른 것이라 말하겠지
썰에 진, 설의 여자가 화장실에 갔다 오줌을 누고
돌아온 뇨자가 본격 설을 푼다
내가 엿들어보니 개 풀 뜯어먹는 소리
갑갑해, 환기는 하고 있는 걸까
구조에 갇힌 거래
1관과 2관 사이에 서성이다 정히 영수한 바람의 계산서를 본다
남관은 남관으로 읽어야 마땅하고
관람은 괄람으로 말해도 무방하다
키득대며 괄람하는 두 여자

저들에게 정숙을 환기시켜야겠는데 용기가 없다
팸플릿을 꽉 쥐어본다
그것으로 그만,
나의 처신은 중공업처럼 무겁고
제3관으로 이동한다
나는 결국이었다

백조의 호수

춤추는 호수 위 백조를 상상하며
100원을 튕깁니다

다이어트에 실패한 백조가 생각나서
500원을 튕깁니다

핑ㄱㄹㄹ
유리탁자 위에서 돌다 쓰러진 백조들은
무대에서 쓰러진 배우라 여한이 없다 말합니다

튕기느라, 이번 공연을 기획한 나는
검지 손톱이 아픕니다

그때였습니다!
홀연히 날아온 황조롱이가 쥐를 채가듯

엄마가 600원을 거둬갑니다

어느 때에는

한 이백 년 뒤에 돌아와
아내에게 묻는다
아이는 죽지 않았는지
아내는 백발을 쓸어 넘기더니
눈만 끔뻑끔뻑한다
궁금해서 물었는데
아내는 끝내 대답이 없다
나는 더 이상 참지 못해
돌올한 배꼽 속 오장육부를 꺼내 천지사방 내던지곤
빈 복장 속

세월을 뒤지기 시작했다

소설 태양의 후예

태양의 후예가 누워있다
책갈피는 젖어 녹초가 되었고
누구도 태양의 후예를 거들떠보지 않는다
사막의 열기는 옛 영광,
너는 늘어뜨린 그것과 함께 욕실로 걸어가는
중년에 불과한 것이다

그림자를 거느린 사람과
그림자를 떼버린 자가 한데 섞여
분주히 오가는 대로에 너는 있다
비가 그쳤는데 하늘은 흐리고
오늘 아버지에게 다녀온 나도 흐리다
이를테면 아버지는 그림자를 떼낸 사람,
병원에서 그것을 붙여보려 노력했는데
아버지는 끝내 태양의 저편이 되고 말았다

혜교와 중기의 결혼 소식을
아버지는 알고 있을까?
혜교의 팬으로서 화날 테지, 아버지는
중기 녀석쯤 한 방에 눕혀버릴 거야
중기는 의식이 없겠고

저기 흠뻑 젖은 채 널브러진 태양의 후예 한 권처럼
지난 독자의 후기나 되겠지

나는 빗물이 뚝뚝 떨어지는
태양의 후예를 주워 들었다

오늘

오늘은 오늘이 되었다
여전히 나라는 건재했는데
나는 아버지를 잃었다
그것은 이미 흘러간 사건,
곧 무언가 반짝이겠지 그건
별이 아니라 눈물일지 몰라

어느 날 아버지가 내게 생일을 남겨주었다
오늘은 생일이 아니어서 슬펐다
모든 생일은 하루 만에 살해되기 마련,
분명한 사건이지만 생일은 부검될 것이다
생일은 두 번 죽고
다시는 태어나지 않을 테지
형사가 방문하기 전에 별이 사라졌다
아침이 되었고 오늘은
반드시 오늘이 되었다

옛사랑

당나귀 형상의 가수가 부른 노래
잠자코 감상하다가는 십중
팔구 감상에 빠진다
문득, 복수(複數)의 옛사랑이 생각났다
그녀들은 의논 끝에 스크럼을 짜서
우우 함성을 지르며 달려왔던가
너는 내 마지막 사랑이라는 거짓말은 순
거짓말이 되어 귓불을 찢었었다
나는 그녀들에 밀려 강가에 다다른다
그녀들 대오는 강력했고 향기가 났다
낯익은 향기를 맡으면 누구나 용감해진다
이제 그리운 것은
그리운 대로 내 맘에 둘 거야
위의 두 줄쯤 모른 체 표절하노라면
그녀들 중 몇은 감상에 젖어 눈물 훔치지
이런 어수선을 틈타 나는 도망을 친다
경이로운 음악이 리듬리듬 돌아다니는 정동
교회당과 돌담의 어깨를 짚는
첫눈 속으로

고비사막

갈 곳 없이 가야 했다
발이 붓고
벌판이라든가 모종의 자연(自然)이 벌떡 일어나도
나는 놀라지 않고 걸어야 했다
밤의 태양에 젖고
정오의 달빛에 취하며
갈 곳 없이 가야 했다

사막 같았다 군데
군데 선인장이 있었다
예전에 애인과 어쩔 수 없이 들었던
어느 늦은 섬의 선인장(船人莊)과는 종(種)이 다른
선인장 앞에 서자 선인장이 답싹
나를 껴안았다
믿을 수 없는 온도가 피부를 찔렀다

무지하게 걸었다
가까스로 사막을 탈출했으나 도중에 오아시스가 없었고
발바닥이 다 닳았으므로 나는
홀로그램처럼 홀로 가벼워졌다
>

무거운 자는 남겨질 것인가
오래 고민하다 끝내 찌푸린 날씨들
비는 오고,

여러 고비를 지나 비는 오고
대관식인 양 먼지의 머리에 왕관을 씌우며 투둑
투둑 비가 내리고

섬

코발트블루 빛깔
광장에
방금 찧은 쌀 한 섬
툭

내려놓았다

못

엔간히 대가리를 맞았는데
저처럼 참는 군자(君子)를 못 봤다
잘못도 이처럼 맞을 잘못을 했으면
차라리 단참에 죽여달라 애원할 텐데
이것을 잘못 때려 신세 망친
망치의 사연이 수두룩하다
못과 잘못의 차이는 무언가
의도가 바르지 못할 때 결과 또한 구부러지듯
달래고 얼러서 통하는 것이 절개인가
유난히 밤에 그러하지만, 곧자
곧아야 산다
아침 밥상머리에 앉아 참회하느니
애초에 구부러지지 말자는 게 나의 지론

오늘은 할 일이 없으신 건지
못 통 앞에 쭈그리고 앉아 녹슬거나
구부러진 못을 골라내고 있는 아내를
못 본 체 정숙히 물러나며 가리가리
나는 가슴이 찢어졌다

우리 사이에

우리 사이에 무엇이 남았을까
사이가 남았지, 라고 대답했는데
우리는 헤어졌다

우리 사이에서 사이가 사라지고 나서
너와 나 사이에 저녁이면 꼿꼿하던
술병이 쓰러졌다
나를 대신해 그것이 쓰러졌겠으나
미안한 나는 못 본 체한다

너는 어디로 가버렸는지
머리카락 사이로 손가락을 쑤셔 넣으며 울었다
너의 다리와 다리 사이에 귀를 대고
말없는 태아의 음성을 듣는 건 꿈이었을까

입술과 입술 사이
손바닥과 손바닥 사이
허둥대는 가슴과 마른 가슴 사이에서
무엇이 빠져나갔는지 모른다

술집을 나와

등짝으로 핏빛 노을을 뒤집어쓴 채 걸어갈 때
연골과 연골 사이
물렁한 허무 사라졌는지 삐걱
삐걱거리며

나무 아래서

살아오며
살아오는 도중의 어느
순간을 생각한다

조용한 들에 있는
나무 앞에 서서
나뭇가지 하나가 살
살 바람에 떼밀리는
순간에 생각한다
그건 내 손이었을까

살아오며
참았던 말은
과묵한 이 나무처럼 끝내
참아야했으리
무언가 말을 하고자 한다면
무언가 지키고자 했을 테니

오늘은 나무 아래서
그늘에 다 젖었다
무슨 일이 있어서 그런 건

결코 아니다

사랑이 떠나갔거나
우듬지에 걸려 오도 가도 못하는 구름 따위
훅 불어 떼주었거나
구름 떠난 자리로 하얀 길을 닦으며
비행기 한 대 지나갔거나
무엇보다 사랑이 떠나갔거나

이런 사정 때문만은 아니다
살아오며
차라리 내가 없는 순간의
나, 무를 생각한다

무좀

아픈 것들이 옹기
종기 모여 앉아
아픔이 되었다

아픔은 가려운 모둠,
밤새 긁어도 가시지 않는
후달리는 이 괴로움

가려운 것은 왜 아픔이 될까
아픔은 왜 가려워질까

미치도록 가려울 때는 수음을 할 여유조차 없어
나는 불만이 쌓여간다
밤인데도 그런 것을 못 한다면
대체 무엇을 해야 하나

퀭한 눈으로
아침이 되어 죽을 먹었다
죽은,

기력 쇠한 환자가 먹거나

밤새 절정에 오른 남자가 먹는 음식이라는 말을
언젠가 들은 적 있다

기일

이렇게 사는 게
쉬워서
이렇게 삽니다
이렇게 죽는 게 어려워서
이렇게 삽니다

즈음에 답하는 건 연대(年代)와
나이뿐,

즈음에 시 쓰는 인간들의 결심을 듣고 나서
나는 희망을 접는다
시인은 직업이 아니야
나는 인간도 아니야
그러니 시인도 아니지

문득 여행을 가고 싶다
여행을 간다면
살아서 말고 죽어서 가겠다
이렇게 쉽게 살며 여행을 가겠다니!
전날에 이런 생각을 못 했다
모쪼록 돌아오기만 염원했던 오늘,
  >

널배가 갯벌에다 여러 갈래로 길을 내며 달리듯
방향제가 방안에 미끄러진다
이런 향을 맡으며
하릴없이 헤매다보면 죽는 길은 요원했다
사는 길
쪽으로 흠흠 냄새를 맡는다
어버이가 기뻐한다
어버이 중 한 사람을 불태웠었지

이렇게 사는 게 어려워서
아버지를 버렸지
나는 언제쯤 아버지에게서 버려질 수 있을까
엎드려서 이런저런 물음에다
헛제삿밥 비비듯 대답을 버무리고 있는데

아버지가 병풍 뒤에서 헛기침을 했다

아름다운 뱀은 어디 갔을까

무산(霧山)에 들어와 가만히 눈 감고 있어보니
고요가 이리 시끄러운 것인 줄 미처 몰랐다

심심해서 아는 시인에게 전화나 넣어볼까 궁리하다가
그러면 아름답지 않을 것 같아
접었다
말아놓은 세월들 마룻바닥에 펼쳐보니
아름다울 사람 아름답지 않고
아름답지 않아도 됐을 사람,
끝내 아름답지 않았다

요사채에 기생하는 독방에서
새벽이면 요사스레 망동하는 이 못생기고 크고 울퉁불퉁한
거시기한 대가리야!
너도 좀은 아름다워져야 할 것이다
아름다움이 지천인 사바세계에서
아름다움은 죄 어디 갔을까

사랑은 어디 갔을까 첫사랑은 지금
언놈과 살고 있을까 과학자나 대통령 따위
그리고 가수 꿈은 어디로 갔나

꿈 깨어 들어선 법당;
방석 위에 미리 앉아 조문하던 뱀이
족히 천 년의 시간 동안 이 시인*과 나를 관조하더니
대가리를 갸웃거리며 오솔길처럼 사라졌는데
숲에선 호롱 호로롱 아름다운 노란 새가 울거나
웃는다 하하하 호롱
호로롱 사람 사는 세상 참 아름답다

"한 계절 걸릴 겁니다." 합장을 하고 나서
방금 일주문을 나간 수행자가 우당탕탕
계곡물 따라 굴러떨어졌다
스님은 속세에다 아름다움 따위 다 시주하고 돌아오시겠지
그곳에는 방탄소년단과 문재인이 대세라는데
바랑 가득 푸른 미사일과 탄피다발 짊어지고 오시겠지
욕망보다 더러운 욕망이랑
무엇보다 먼저인 사랑하는 세상과
동터오는 신음들 답사하고 오시겠지
아름다운 스님을 보내고 나서
산에 남은 아름다움을 온전히 차지할 수 있는
방법은 무엇인가

>

아름다움을 무찌르고

아름다움을 무찌르고 사라진 배암 한 마리와
사람 여러분은 어디 계신가!

* 이경철.

두 개의 바이올린을 위한 협주

시위에 매긴 화살이 정통으로
바이올린을 맞추었다
나는 과녁에 꽂힌 음악을 쑥 뽑아
귀엣말이 즐비한 구멍으로 밀어 넣는다
구멍 속이 소문으로 우글거린다
구멍 입구에 차양을 치고
닥쳐올 장마에 대비한다
음악은 비에 젖으면 안 된다
차라리 내 한쪽 어깨가 젖고
애인과 나란히 서서 오줌을 누며
젖은 어깨를 털었다 털털
도처에 만연한 털 고르는 시간
냉장고에 얼린 바이올린을 꺼내
배꼽 위에 올렸다 천천히 녹으며
배꼽의 연안에 형성되는 연못
거기서 흘러나오는 한 줄기 리듬이
사타구니 아래로 천천히 이동할 때
두 개의 활이 활활 타오르며
마주서서 협주하고 있었다

봄의 막다른 골목에서

열이 오른다, 봄이 오는 게지

막다른 곳은 언제나 골목이다
화가 난 개에게 쫓겨 그곳으로 달리다가
문득 생각났다 나는 열이 오르고
개는 지난계절에 갇혀있다는 것을

깨닫는 순간 급진적으로 권태가 왔다
무엇을 해야 하나
저 혐오스러운 개 대신 졸음이
나를 안락사시킬 것 같았다
안락안락 눈꺼풀이 덮치기 전에

서가에 꽂힌 세계문학을 일별했다
개츠비는 여전히 위대했고
앨리스와 함께 이상한 나라에 살고 있었다
사람은 무엇으로 사는가
톨스토이가 세 가지 질문을 했으며
베르테르는 늙어서도 슬펐다
자기만의 방에서 나오지 않는 버지니아 울프처럼
>

나는 골목에서 탈출하지 못한다
저놈의 개!
동물농장을 읽었는지 지나치게 술을 마시지 않는 개
부릅뜬 채 졸음을 감시하는 개

열이 오른다, 역시 봄이 오는 게지

발기인대회에 갔다

이름은 밝힐 수 없는
어느 당의 발기인대회에 갔다

발기를 가지고 대회를 여느냐고 의아할 테지만
나는 초청까지 받은 터라
의기양양했다 오랜만에
정말 간만에 의기투합했던 어제 저녁
밥상을 물리자마자 겨루었던 아내와의 일합(一合)이
새삼 그리워졌다

발기인 가운데 여자가 있었다
잘못 들어온 여자화장실에서 뛰쳐나가고 싶은 마음처럼
나는 회장(會場)에서 벗어나고 싶었다
식순이 적힌 팸플릿을 발기
발기 찢고 싶었다

청중은 평화로웠다
연단에 앉은 발기인들의 정치적 견해나 흥분한 논조 따위는
전혀 개의치 않겠다는 듯
마치 방사(房事)를 치른 후의 나른함 같았다
탕!
　＞

정당한 정당이란 이제 대한민국에 없다, 말하며
느닷없이 연단을 친 발기인이 졸음을 깨웠다
루즈한 나의 바디여
발기인대회에 와서 졸다니
아내가 안다면 얼마나 실망할까

마침내 모든 발표가 끝나고
발기인들이 벌떡벌떡 두서없이 일어났지만

작금 한국 정당정치의 문제점과
세계평화의 요원함에 대해 골똘히 생각하느라
나는 금세 일어나지 못했다

내가 나무와 붙어먹었다는 소문에 관하여

내 애인을 데리고 사는 숲이 나를 찾는다는 것은
참으로 기분 나쁜 일이다
한때 그의 남자로서
밤과 더불어 뭔가 도모했다는 정황은 덜덜
살 떨리는 일이다

남자로서 남발하던 비윤리와
시인으로서 시인하는 불륜,

나는 지난해 어느 계간지 특집에
고뇌하며 발표한 시에서
큰맘 먹고
나무와 연애한다, 고백했었다
나와 나무와의 관계에 대해
무식한 독자 중에는
내가 맞춤한 나무 틈에 거시기를 대고 쑤석거렸을 거라
상상한 자 있을지 모른다
참나,
그리 믿어도 좋다

내가 콕 찍은 나무를 도끼로 다시 찍어

나자빠진 몸통을 사정없이 덮쳤다 해도,
번개와 천둥의 밤을 지새운 후에
내 면전에 눈물 떨구는 그를 버리고 후다닥
새벽으로 달아났다 해도,
이 모든 행위가 별과 달이 없는
칠흑에 치러졌다 가정해도

나, 그 시인 알아
말 못 하는 나무와 그럴 사람이 아니야, 라고
성한 독자 한 분쯤은
참말로
참말로 믿어주셔야 한다

어차피 이 문제는 종(種)과
종 간의 구조적 차이에서 비롯된
의아함에 기인하는 것이니
톱과 도끼가 집에 있다면
과정 중에 약간의 상처를 각오한다면
누구나 나무와 더불어 뒹굴 수 있는 것이다
그러하오니 독자 제위께 당부하건대
내가 나무와 그렇고 그런 사이라는 둥

찰떡같이 붙었다는 둥
사계(四季)를 가리지 않고
그런 되도 않은 소문을 퍼트려서

사랑하는 아내와
숲에서 웃음꺼리 되어 내쳐질 위기에 처했으나
옴짝달싹 못 하는
아아, 애틋한 내 나무에게 제발

슬픔 주지 마시기를!

모자

평소에
나는
목덜미에
머리를 올려놓고
산책한다
머리통의 상공에
태양이 왔는데
몹시 뜨겁고
둥글어
머리 위에
올려놓지는
못한다
이점에 대해
나는
골똘히
생각하는 것이다

논문은 없다

들어가지도 못했는데
나오는 말을 쓸 수는 없다

여태 입구를 찾지 못하여
누군가 찾아주기를 앙망하였으나
질구는 물론 입술 한 번 벌리지 못했다
탄성보다 탄식이 가까워서
신음이란 1도 없던 방에서

그래, 먼저 씻을까나?
바디에서 흘러내린 거품처럼
본문에서 떨어뜨린 각주(脚註)들,
면도는 하지 않겠다
까칠한 문장은 매력의 요소이므로

당신도 씻지?
구두를 닦아 광택 내듯이
은유가 밟히는 뒤꿈치의 각질까지 빡
빡 문대어 없애준다면 나는
당신을 기꺼이 수습할 수 있을 거야
구석구석 당신은 심화될 테고

끝내 증명하겠지

이를테면 작은 솜털이나 이마,
꼭지 없는 목젖까지 참고하겠지
하겠지, 하겠지, 이것은 가정(假定)
질문 없는 답변일 뿐이야

대개의 애인이 그러하듯
당신은 전제적(專制的)이고
나는 당신들을 온전히 아우르기에
전체적이다 고로

필자는 결론 없이
목차 밖에서 어슬렁거릴밖에

화장실에서

문전에 신발을 벗어놓고 쭈뼛
쭈뼛 내 안으로 들어오는 것들

어쩜 7백 톤이 0.07톤 속으로 사라졌을까?
방심하는 사이에
기다리는 동안에
동식물을 망라한 모든 원소(元素)가 시궁에 처박히었다

하마터면 식욕까지 먹힐 뻔했는데
이런 맛은 파이다
들어온 무리 가운데 마뜩찮은 개체가 있었으나 속수무책
생선가시가 아니라면 삼키고 만다

직관에서 굴절관으로
외부에서 들어갈 수 있는 곳은 내부이므로
내부에서 탈출하는 길은 외부뿐이었으므로
항문에 스피커를 꽂고
방송을 했다

이런 상황은 부패하고 외롭지만
마을 전부가 몰두한다
  >

어제는 이장이 찾아와 나에게
더러운 시인이냐 물었는데
더러 운다, 시인하였다
그래 이런 것은 자랑해야겠지
시인과 찢어지는 고통
시인이
사회에서 乙이라는 단점은 있지만

죽을힘을 다해 먹을 수 있다는 것
다시 채울 때까지 비운다는 것

자랑스럽게도 여태 앉아있는 중이다

봄이 오면

그다지 세게 살지는 않았으나
살아보니
가장 후회하는 것은 나였다
나는 상냥하지 못했고
손을 얹은 양심에게도 떳떳하지 않았다
여러 처녀,

그중에 돋을새김 같은 첫사랑에게 그랬고
젖던 노를 부러 놓아버리고
오래 호수 위에 떠있던 오리배가 그렇고
아들을 잃어버린 여인을 토닥이며 흠
흠 그녀 머리카락을 맡은 것도
그러나 대부분은 영리해서 나를 떠나간 아가씨들

이제 나는 가정에 익숙해졌으니
부디 잊기를!

지금 눈앞을 지나는 미풍이
그대들 치맛자락 같아 간지럽다
전도유망한 계절이 늙은 고목 아래 앉아있는
한 사내를 허술히 지나쳐 가는데

첫사랑

그리움은 수용성(受容性)이라서
안에 갇혀 밖으로 나가지 못한다
인적 없는 숲에서 무언가 읊조리는
엎드린 시냇물 곁에 앉아
조용히 늙어가는 무덤을 찾았다
그대는 언젠가 찾아주리라 믿었겠지
여기로 오는 길은 아직 내지 않았으니
바람과 저녁은 오지 말라
그러나 약속을 지키듯 어둠이 왔고
창궐하는 별무리로 하늘은 황폐하다
저들이 반짝이는 의미는 나로부터 비롯된 것
마침내 나는 그것을 떨어뜨릴 수 있었다

눈

아버지를 덮은
봉분이 의자인지
둥근데 저리 편히 앉는다
아버지는

내가 학생일 때
공부 안 한다고 야단을 쳐서
눈물눈물 흘렸었다
그 눈물,

녹으며 처마가 흘린다
슬레이트가 흘린다
눈물이 많아
아버지가 무겁겠다

아버지를 묻으며 다독다독
많은 책을 읽었노라 고백하며 다독
다독 두드려드렸는데
오늘은 눈이 와서
더 무겁게 했다
>

어떤 눈들은 의자에 앉으려다
한바탕 몸을 뒤집었다
저렇게 넘어지면 아프다
눈처럼

아버지 앞에서 뒤집어지며
곡을 했다

멕시코산 돼지고기와 나와 이승훈 시인

멕시코산 돼지고기를 샀다
멕시코산 돼지고기를
구워 먹으려고 앞에 놓고 보니 마블링과 함께
감회가 잘 깃들어있다
멕시코에서 예까지, 그러니까 멕시코에서 나의 눈앞에
딱 등장한 멕시코산 돼지고기에 대해
나는 잠시 경외감을 가진다
멕시칸치킨만 먹어본 나로서는
정말 영광이다
찾아보니 여기서 멕시코까지
시차는 열다섯 시간(멕시코시티는
오늘이 어제였다)
뱅기로는 사십 시간 남짓
참 멀다, 그렇다면
이 고기가 정녕 멕시코산은 맞는 것일까
설마 중국산은 아닐 테지, 구워서
먹어보면 안다
멕시코산 돼지고기 목살을 씹으며
故 이승훈 시인 1주기 추모 시집을 읽는다
그렇다면 지금 내 목살을 통과 중인
이 멕시코산 돼지고기 목살도 은연중에

시를 읽고 있으니
멕시코산 돼지고기 목살도 독자 내지는
시인 아닌가?
이 멕시코산 돼지고기가 포스트 모던이라든가
사물A, 혹은 아방가르드를 이해하지 못할 테지만
아무튼 나는 모자를 벗어
그에게 예를 표하고 싶다
또한 나는 나의 목살이라도 잘라
이승훈 선생님 영전에 놓고 싶다
아무도 모르게 멕시코에 가서 으앙
으앙 울고 싶다

비

비 위에
비가 있다
비를 밟으며
비는 오고
비
아래
비가 있다
비는
비의 중간에 있다
비는 왜
비일까
비의 이름은 누가 지었을까
비나이다
비나이다 손바닥을
비비며 어머니가 축원하고 나서
비로소 나는 살 수 있었다
비가 온다
비가 나를 지켜보고 있다
비가 지겨워 우산을 들었으나
비를 배신하지는 않겠다
비는 등 뒤에 붙는 가려움이지만

비빌 그리움이 되어주었다
비, 라는 이름 좋다
비를 문장의 맨 앞에 세움도
비를 제목으로 지음도 참 잘했다

폭설

세상이 생기고부터 죽었던 모든 사람들이
서로 누군지 모르는 채 내리고 있다

흰옷을 입은, 내리는 사람들을 헤치며
눈이 걸어가고 있다

벌판의 배경이 되어가는 세계의
고요가 시끄럽다

서서히 식어간다, 라고 표현할까?
사람이 자작자작해지며

아무것도 발생하지 않는 세상이 분명해진다
이것은 실로 무시무시한 취향이다

첫눈

눈이
망울 큰 눈이
흰 소복을 입고 소복
소복 걸어오네

슬픔보다 먼저 그렁
그렁 쌓이는 눈시울

눈이 쌓이려는 경향은
무언가 다지는 마음인데
하늘이 물렁해졌으니
땅은 어떠한가

휴일의 의지를 빼앗으려고
문 앞에 기다리는 눈

한 걸음 내딛으면 왕관처럼 펼쳐져
대관(戴冠)하러 나가는 이, 으쓱

너는

너는 엄마를 착취하며 살아왔다 너는
엄마에게 평생 빵을 뜯었으며
그녀의 젖통을 함부로 주물렀다
뇌신* 이후 그녀 젖꼭지는 온전할 수 있었겠다
영세한 엄마라도 가동해야 살아가는 너는
몹시 비루하며 경공업적인 놈
솔직히 말해서 솔직하지 못했던 아버지가
급진적으로 퇴행하며 너는
아버지가 죽었다라고 솔직히 말할 수 있겠다

너는 엎어진 밥그릇 위에 재빨리 잔디를 심었다
어떤 신간(新刊)은 주목받아야 마땅하듯이
근간에 땅속으로 입봉한 아버지는
모든 조문객의 관심사였다
너는 아버지의 급변을 그녀에게 알리지 않았다
반드시 빌어져야 하는 명복이지만
너는 엄마를 기만했다
엄마는 울기 위해 눈물을 훔쳤는데

너는 입술을 훔쳤다
거리는 비밀리에 훔칠 소문이 넘쳐나

심심하지 않았다 아버지가 없어졌음에도 문득
시가 지어졌다
울음 대신 변죽을 울렸으니 결정적으로
엄마가 울었겠다
우는 엄마가 계속 울 수 있도록 너는 독려하겠지
그렇게 하도록 버려두는 너는

나다

* 뇌신: 해열진통제, 몹시 쓰다.

배꼽

솜털 사이에 작고
기이한 우물이 붙어있네.

위의 표현은 한가한 서정주의자의 독백.

검은 우물 아래 몸 던진 여인이
백만 광년 지나 블랙홀 말단(末端)에 발견되었다.

이것이 진리.
일거에 끊긴 소통을 안장한 과학자의 무덤.
또는 즐거운 고통 끝에 신(神)께 드리는
한 알의 진통제.
말하자면 아물어 딱지를 남기고 가라앉은 쾌락.

나는 아침저녁으로 고개를 숙여
그에게 인사를 하네.

어느 때에는

언젠가 나는 사라져도
내 앞에서는 결코 사라지지 않을 것이다
내가 나일 수 있는
그런 날은 오지 않을 것이다
첫사랑을 포함해서
나의 모든 사랑은 경험이 되었고
빛을 모으던 양지(陽地)가 저녁이면 다 잃어버리듯
모든 신비는 현존하지 않았다
친절하게도 생활은 가족밖에 기억할 수 없으니
어느 때에는,
없는 곳에서 있는 곳을 바라볼 수 있는
허무 가득한 행운 있을 테니

무릎

제사상 앞에 꿇어앉아
절을 할 때 생각났다
헤어진 사랑을,
여자와는 절대로 결투하지 말았어야지
입술 깨물며

차라리 그녀 앞에 털썩 내리찧던

근황

계절이 겨울이어서
오늘이 춥고
저 베란다는 십삼 층
쥐가 올 리 없어 안심이다
시인인데도 세 끼를 먹으며
잘 지내니 고맙다
어제와 오늘,
이제까지는 좋음의 연속
애인이 한 명 있으면 더 좋겠는데
이것은 분명한 사치겠지
오늘은 겨울이어서 춥지만
가까운 데 어머니 살아계시니
괜찮은 세월이다

근황

마당에 낙엽이 떨어져있다
가을이니까 그렇다
쓸쓸했다
빗자루를 가져와 쓸어야 할까
낙엽을 쓸면
쓸쓸까지 쓸어질까?
그러나 다시 생각해보면
가을은 원래 쓸쓸한 법
법을 어기면 안 되지
낙엽을 두기로 한다
저 낙엽도 가지에서 뛰어내릴 때
가지런히 신발을 벗어놓고
얼마나 망설였을까
그런 사정을 생각하니 눈물이 났다
나는 눈물마저 뛰어내릴까 봐
얼른 손등으로 받쳐주고 나서
팔랑거리며 방금 내려와 가슴께 붙은
자줏빛 잎을 쓸어주었다

3부

과활한 내면(內面)으로 솟구치기를

찌

낚싯대를 드리우자마자 수면을
찌르고 나서 경망스레 올라오는
찌를 관조한다
물속에서는 물고기가 바늘에 의문을 갖겠으나
나는 찌만 보면 된다
호기심이 남다른 물고기라면
물음표 닮은 바늘을 물 것이므로
나는 찌만 보면 된다
찌는 나의 甲
찌는 신앙,
찌를 위해서는 무엇이든 할 수 있다
찌에 집중하는 마음 가운데
절반의절반이라도 공부에 집중하라고
찌질하게 살지 말라고
옛날에 아버지가 말씀하셨다
지금은 아버지가 저 호수 건너 멀리
아주 멀리 가셨으므로
나는 온전히 찌에만 집중한다

밤이 되어 바늘처럼 별이 반짝였을 때
야광찌가 쑥 들어갔다

나는 때를 놓치지 않고
수경 쓴 아버지를 번쩍 들어올렸다

세월

세월 참 많이 흘렀다 생각하는데
세월은 여태 거기에 있네
세월이 좀 낡아서 헤지고
세월이 사고로 부러져 깁스한 다리로
세월아 네월아 절뚝이며 걸어오는 거 있지
세월이 내 앞에 뚝 멈춰서 눈물 훔치네
세월과 사월은 비슷한 계절,
세월이 사월에 떠나지 않았다면 얼마나 좋았을까
세월의 삼 일 후에 혁명이 왔으니
세월은 희망의 예언자
세월 속에서
세월 밖으로 탈출하는 웃음들
세월에 중독되어
세월 안에 사는 울음들
세월에서 슬픔을 빼면 무엇이 남을까
세월에서 분노를,
세월에서 염원을 공제하면 무엇이 있을까
세월을 호명한다
세월에 붙여 배 이름을 짓지 않더라도
세월은 온다

꺾다

대관절,
관절은 왜 꺾이는 것일까
의지 약한 관절부터 꺾어본다 우둑
우두둑 손가락 관절을 차례로 꺾어주면
서울말을 처음 썼을 때처럼
뿌듯했다

너도 이렇게 꺾을 수 있니?
겁먹은 옆 짝이 대답했다
내는 몬한다카이

백 살 쪽으로 절반이 꺾어져
우둑거리며 으시댈 일 이제 없지만
손사래 치며 몬한다카는 녀석 얼굴이
문 열 듯 왈칵 들어와
우둑
우두둑

입술로 꺾어보는 것이다

범우주적인 연애

화성에서는 지구를 노리겠지만
지구에서 노리는 건 당신이에요
당신은 여자, 당신은
남자, 남자는 나일 수 있어요
당신과 당신
사과하지 마세요, 내가
당신일 수 있는데
당신이, 당신의 당신인 나일 수도 있는데

내가 지구에서 노리는 건 당신
그러니 당신은 화성으로 돌아가지 마세요
지구에도 화성은 존재했으니
모든 리듬은 어깨로부터
여유로운 공원과 돗자리로부터
나란히 누운 입맞춤으로부터
흐르는 침과 침묵으로부터
당신의 가슴은 둥글고 부드럽겠죠
당신의 가슴은 각(角)이 있거나
깨진 맥주병처럼 날카롭진 않겠죠
그만두고 싶은 일이 있는데
그건 화성에서의 일,

>

지구에 돌아와 생각난 연애

지구의 시간만큼

초를 다투는 연애

백만 광년 만에 딱 한 번

영점일초 동안의 입맞춤

늘어지게 루즈한 당신과, 당신의 연애

성층권으로 처박히며 불타는 머리

비로소 원소(元素)가 되는

그리움

봉자

나무젓가락이
봉지를 뚫고 나왔을 때
봉자가 생각났다

봉자는 뾰족했다
나는 봉자에게 삑하면 찔렸다
오십여 년 전 소꿉친구였던
봉자

반찬 투정하면 예의 맞았고
엄마에게 일러주면
다음날 또 맞았다
봉자가 주는 밥은 한입에 슙
스읍 먹어야 한다
봉자를 거역하고는
골목에 나올 수 없었다

어느 날은 이삿짐과 함께 트럭트럭
봉자가 멀어지고 나서
더는 맞을 일 없어진 내가

엄마에게 대들기 시작했다

너

내가 무엇을 태우든
너는 상관하지 말아라

눈(雪)을 태우든
바람을 태우든
다 쓴 지방(紙榜)을 태우든
심지어 책을 태우더라도

너는 상관하지 말아라
너를 태우는 불상사가 일어난다 해도

더는 상관하지 말아라
사 년 전 아버지를 태울 때
눈물마저 같이 태웠으니
너는 상관하지 말아라

내 안에 들어 불씨를 감추고 있는
너는 누구냐

뿌리에게

암흑기였다

하늘을 거부한 채
뿌리는 한 발 한 발 캄캄한 계단을 내려갔다

상공을 지나던 구름이 그늘을 떨어뜨리듯
뿌리의 행위 또한
중력 탓이라는 설이 있지만
보도블록을 들추며 일어서는 뿌리를 보면
꼭 그렇지도 않은 것이다

뿌리는 빛을 뿌린다
늦은 밤 돌아온 방에 형광등 켜듯
앞섶을 풀어헤쳐
태양의 젖가슴을 보여주는 것인데
이것은 소소한 즐거움이 아니라
온 지하 세계가 흥분하는 대사건이리

뿌리의 바깥은 안이다
두더지가 지상에서 눈이 멀 듯
뿌리의 일탈 또한

부르면 혓바닥 갈라지고
달리며 뚝뚝 발가락 부러뜨릴 테니

나의 뿌리인 아버지여,

오늘은 부디 땅속에서 일어나
광활한 내면(内面)으로 솟구치기를

별

쏟아져도 괜찮아

내가 덮어쓸까 걱정하는
그 마음 다 알아

디딜 자리를 미리 알아보느라
반짝
눈꼬리에 앉은

척후(斥候) 한 방울

시제 時祭

절을 하고 사당에서 나와
식당을 찾아 곰탕을 시켰다

오래 고았는지 뼈 가운데 구멍이 숭
숭 뚫려있다 이런 게 진국이다
뼛속을 관통하는 전통!
이런 뼈는 소학을 읽고
진사쯤은 쉬 급제하며
바람 좋은 날 하늘을 난다

뼈 가벼운 새처럼 훨
훨 날아서 1대를 뵙는다
27대인 나로선
뼈의 이쪽과 저쪽
터널이 어둡고 멀지만
익숙히 그를 직면한다

곰탕을 싹 먹고 나와
사당에 다시 들어가 곰
곰 공손히 생각을 곤다

마른 우산

젖기 싫은 우산을 위해 나는
우산을 함께 썼다

우산을 씌워주었는데 연신 기침하는
마른 우산,
이게 과연 우산의 태도로 적절한가
라는 의문을 가지며
나도 마른기침을 했다

한사코 젖지 않으려는
이런 우산은
배에 태워 우산국으로 보내버려야지
거기 함 가 봐
비가 얼마나 많이 오나
눈이 억수로 오나 안 오나, 호시
탐탐 왜구가 노리나 안 노리나

겁주는 건 아니다
말라비틀어진 혓바닥 위에 미숫가루
네댓 숟가락 올려놓고
단번에 삼키라고 다그치는 게 아니다

행인의 머리 위에 군림하며
유유히 거리를 배회하는 젖은 동료의
행실을 좀은 배우라는 것이다

우산 하나 옆구리에 파지하고
퇴근하는 아내
비 마중 나가는 길

만혼晚婚

달리고 구르던 사랑이

사각의 두부처럼
벽돌처럼
앉아

사람이 되었다

아나키스트

대체로 나는 무정부주의자
아내가 좋아한다

그녀는 성격과 가슴이
밋밋해서 재미가 덜한 편이지만
순간 과격하고
혁명적인 나를 이해해주는 데 있어
몹시 탁월하다

새벽에 문득 깨어 부풀 때 조곤
조곤 이론적으로 설득하는 그녀가
사무치게 고맙다

그리한다 해도 나는
무정부주의자(無情婦注意者)!
현존하는 키스가 그리운
나는 아나키스트

가을 하늘

열매가 익는 게 아니라 실은
태양이 익어가는 것

새들이 자꾸만 하늘로 솟는 이유를
이로써 우리는 알게 되었다

과즙에 취한 길 잃은 새를 위해
방금 비행기가 지나가며 하얗고
곧은 신작로를 닦았다

구름은 높이 걸터앉아
완성하면 떨어뜨려줄 그늘을 짓고 있다

이런 것은 모두 계절과 관련된 노동,
나머지는 하늘의 일이다

욕조

욕조가 작다
발가락에 힘을 주어 밀어보았다
욕조가 늘어나지 않았다
축
늘어나는 것은 온수에 담긴 나의 일부일 뿐
욕조에게 생각이란 게 있기는 한 건지
욕조에게 배려나 팽창을 바랐던
내가 미쳤지
벌떡 일어나 호통을 치고 싶지만
내 치부를 꿰고 있는 그가 두려워 부글
부글 방귀나 먹인다
욕조여, 앞으로는 너에 관해 언급하거나
벗고 앉아
젖은 시를 쓰지 않겠다

풀

들판의 풀만큼 많은
풀 가운데
당장 시들어가는 풀을 발견했지만
나는 해줄 것이 없네

돌아와 시든 풀을 생각하면
종일 풀이 죽는다네

시든 풀이 끝내 죽었나
안 죽었나
궁금해서 내일 다시 찾겠으나
한편 생각해보니

그것은 다른 풀들을 위한 예행연습,

두근대며 지켜볼 때
바람이 지나며 다정히 일러주는 떨림
그리고 자명한 사실은
풀보다
내가 먼저 시든다는
사실이다

별 가운데 별 하나

쌔고 쌘 별 가운데
지금 보는 별은
나를 보고 있는 별이다

나를 보고 있는 별 옆에 있는
저 별도
나를 보고 있겠지, 이런 희망은
말 그대로 희망이다

몇 백 광년의 1 확률로
내가 보고 있는 별은 틀림
없이 나를 보고 있는 별이다

몇 시입니까

누가 물었습니다.

가르쳐주기 싫어서
손바닥으로 얼른 시계를 덮었습니다.
순간,

시계(視界)가 흐려지고
나는 저만치 나가떨어졌습니다.

시간 한 번 숨겼을 뿐인데
이렇게 당하다니요?

당장 악어가 물어도
나는 함구하겠습니다.
이 손목시계가 사인(死因)이어도
절대로 억울하지 않습니다.
이유는 묻지 마세요.

시간이 없을 뿐입니다.

목도장

벼락 하나가
오진 대추나무 한 그루를 지목해서
쑥 들어가는 모양을 보았다

찍는다는 것
찍힌다는 것

그끄저께 부동산 계약 관계로
손가락 대신
벼락을 써먹었는데

참말로 찌릿찌릿했다

표절

원수 같은

다른 시인들이 벌써

다 써먹었다

누구나

누구나 한 번은 죽고
한 번만 죽는다
죽은 다음에 딱 한 번 더
저녁이 온다

다만 죽은 자는
저녁이 한 번 더 왔다는 사실을
모른다

무릎을 탁 쳤을 때
깨달음이 왔다는 것도 모르고
죽는다

누구나 한 번은 죽고
한 번만 죽는다
서두와
말미가 많이 닮았다
그런 사연이다

멜랑콜리한 살인의 추억

황급히 아름다움을 구한다

늘 바깥이 있었으나
안이 더 마려웠다

너는 자격이 있다 벗은
몸을 내보이는 즉시 입술 안에 함유되는
사지(四肢)들

너는 먹힐 자격이 있다
남의 속도 모르고 아름다워서
반듯이 너를 뉘어놓고
반드시 너를 먹으리
다시 말하지만 사회관계망 속에서 너는
먹힐 자격이 충분하다

(몸통은 아껴두고) 너를 다 먹어치웠을 때
나 역시 아름다워졌겠지 자부한다
너를 먹어 불룩한 배를 두드리며
욕조에 눕자마자 트림이 났다
트림의 분량만큼 질량이 줄었으므로
>

그녀는 다이어트에 성공한 것이다
그녀가 너였다는 고백으로 말미
암아 나는 살인자가 되었다
현저한 너와의 관계로 말미
암아 나는 사고를 치고 말았다
황급히 아름다움을 구하려다

황급히 너를 먹는 잘못을 했으
므로 나는 살아 마땅하다
네 손가락 한 마디와
외마디 신음 한 조각이 남았을 때 처절히
너에게 사과하고 싶었다 공식적으로

유감이다

내 무릎에 앉아

내 무릎에 어머니가 앉아서 토닥
토닥 등을 두드린다
하나의 종(種)으로써 관조할 거야
전반적으로 조용하던 밤이 부스럭댄다 죽지 말라고;
솔직히 어머니가 죽지 않았으면 한다
밤을 눈물 쪽으로 옮긴다
새벽이 되어 흐르는 방울을 보라
너도밤나무처럼 다년생 슬픔들이 돋아있다
나도 그러하냐?
미량의 관능도 용서치 않을 거야
정직한 신음은 정상위에서 흘러나오지
나는 시험에 들었으므로 대학에 가서
미학을 배웠다 아름답고
다정한 원소(元素)를 골고루 나눠주었다
내 무릎에 애인들이 앉아서
셔츠 안으로 쓱 손가락을 넣어 젖꼭판을 슬
슬 문지를 때 나는
또 하나의 종을 염두에 두었다; 외부에서
내부로 탈출하는 우세한 감정의 무리들
저 온유한 쾌락을 무어라 명명하지?
시간은 콸콸 추억 깊은 계곡에서 흘러나와

다리 아래로 품위 없이 지나갔다
지금은 누군가 내 무릎에 앉아
제대로 등이나 갈겼는지 알 수 없다

봄

들판을 알아채고
바람이 달렸다

견고한 치마를 조금 올리고
흔쾌히 보일 수 있다

정지한 벌 한 쌍이
꽃 앞에서 벌벌대는데

향기를 아는 바람이
아껴서 달렸다

별

색조 화장한 여자의 눈꼬리에 빛나는 펄
같은 형상이 검은 하늘에 들러붙어 있네.
바라건대 그곳 표면에 힘껏 던져 올린
시선이 새벽까지는 남아있기를.
가리키는 손가락과 손등에 굽이치는 핏줄이
당신의 협곡으로 구불구불 흐르고 있네.
말하자면 결과 결의 잡담으로 소란스런
고요 아래 신성(新星)한 존재가 연못에 앉아있구나.
뛰어가며 소리치니 일제히 날아오르는 백로 떼처럼
돌팔매 한 번에 수면을 버리는 침묵들을
보아라, 뿔뿔이 흩어지는 어둠의 증발을.
작은 창으로 쏴쏴 몰려드는 전부를
뒷짐 진 채 목도할 뿐인 가냘픈 부분이여.
두리번대며 마을의 지붕을 포착하다가
길 잃은 착한 소년에게 무너졌으리라.

가을에

떨어지는 나뭇잎이 발생했다

마운드에 서서
쓰임을 다한 투수가 손에 쥔 공을 놓아버리듯
툭 떨어진다
가을이니까 그렇다

공원 벤치에 앉아서
레깅스를 입고 뛰는 여자와
누워있는 나뭇잎을 벤치마킹하느라
나는 얼굴이 붉어졌다
가을이라서 그렇다

가을은 가는 계절
옛날에 가버린 애인을 생각했다
내가 못해서 그녀가 떠났다 가을은
반성하기 좋은 계절이다

일 년에 두 번은
가을이 발생했으면 한다

양장본 시집

양장본 시집을 가진
시인이 부럽다
양장본 속에
씨부렁거리거나
구시렁대는 시들이
거반을 차지하더라도
일단,
양장본이면 괜찮다
양장본은 무언가
모르게 단정하며
고급진 느낌이다
양장본은 감히
나 같은 하류 시인이 언감
생심 넘보지 못하는 옆집
누나가 뒷물 중인 담벼락이다
양장본 시집이 있으므로
그냥 시집이 존재한다
마님 면전 돌쇠처럼
양장본 시집 놓인 앞마당에
넙죽 엎드린다
망할 양장본 시집을 낸
시인이여 흥하라

향기가 있는 공원

공기를 제공하는 공원에 대해서
지극히 공적인 공원과
지금 앉아있는 드문
드문 놓인 징검다리 같은
공원 벤치를 말하고 싶은 것이다
공원 연못 위에 앉아
이해 불가한 발음 중인
오리 세 마리와 원앙
두 마리 그리고
발음하지 않는 비단잉어를 본다
비단 그들이 표현하지 않을 뿐
최선을 다해 관조하며 그럭
저럭 수면의 삶을 살겠지 여길 때, 탁
탁탁 과일 향 전자담배를 문 채
고요히 조깅하는 청년과
전자담배 향기를 몰며 따라
뛰는 여자,
저 놈년은 나란히 뛰거나
결별하는 게 좋겠다
오리 세 마리와 그새 붙은 원앙
네 마리가 조용해졌다

비단잉어는 한 천 년 걸려 몸통을
뒤집으며 수면 아래로 가라앉았고
나는 공기를 들어올린 후
조심스레 벤치에서 일어섰다

말

입속에서 자갈
자갈

자갈이 굴러 나온다

유역(流域)을 덮어가는 자갈돌

황무지 되기 전에
재갈을 물렸으면

화창

완전 죽여주는 날씨다.
일찍 일어나길 잘했어.
어제 처음 만난 여자에게 고백하다 부서졌던
마른 가슴속 무엇이
지금은 기름밭을 번들거리며
걸어가는 매끄러운 발목이거든.
상공의 새를 주의하며 모자를 벗어던지고 룰루
랄라 리듬 얹은 머리를 채 째 이리
저리 흔들어준다.
하늘에서 회신용 햇볕우표가 팔
랑 팔랑 내려온다. 구름이 집적대며
다가서기 전에 부칠게. 안단
테 안단테 걷는 운문(韻文)형 걸음.
서로를 반사하는 햇빛과 이마.
머리카락에 걸려든 실바람.
이 짧은 순간의 영원.
나는 즐거움을 감내한다.
참을 수 없는 기쁨이란 완전 없으므로

새

하늘 사이사이에
새가 깃들어있다

오늘은 심사가 좀 틀어져서
공중의 좁은 틈에 새가 거꾸로 처박혀있다
라고 적어볼까

하늘에서 둥지를 찾지 못한 새들이 속
속 가지 위로 착지하는 저녁,

지상에서 울지 않는 새는 필시
공중에 눈물을 맡겨놓았을 터

밤에 별모양 눈물이 반짝일 때

부리를 재게 부려
남긴 것을 포식한 새 한 마리
이쪽 하늘에서 저어기 능선 너머로
행간에 형광펜 긋듯

주욱 반짝임을 배설하다

비탈에 선 나무

여느 가파른 비탈에서
나무들이 조심조심 내려가고 있다

행여 자빠지지 않을까 염려하던
백 만 이끼가 발가락 사이로 모여들고

밭은 숨을 몰아쉬며
바람이 계곡 아래서 속속 올라와
고꾸라지려는 나무의 이마를 밀어준다

이대로 굳어도 좋으련만
발바닥이 자꾸 근지러운 뿌리는

우당탕탕 뛰어 내려가고 싶다

문을 부수다

손잡이가 배꼽의 무렵에 붙어있다

문 앞에 소복소복 소리가 쌓여있다면
열렸다 제자리로 돌아간 기척이 우
수수 경첩에서 떨어졌다는 뜻이리

절도 있게 펄럭이는 다면체의 내부로
팽팽한 공기를 당기자 지랄
발광하는 먼지들

먼지가 방에서 퇴적하는 중에
여물을 되새김하며
달팽이가 문지방을 넘는다
좁고 번들거리는 길이
길이로 재어지는 시간에

집채만 한 집이 이동한다
집보다 큰 촉수로
경계를 핥으며 전진하는 저
장엄을 보라, 빠샤!
>

쇄도하는 누운 배꼽 위로 딸
깍 손잡이 돌리는 소리가 들렸다

암막커튼 밖으로 폭풍우 우거지던 낮의 기록

낮인지
밤인지 모르게
암막커튼의 뒤로 돌아가면
암막이 사라진 커튼 앞이자
동시에 유리창이다

사계(四季)를 연주하며 유리창에 들러붙어
미끄러지지 않으려고
필사적으로 애를 쓰고 있는 폭풍우를 보았다
나의 전반(全般)과

흥분한 마음을 저런 음악으로 연탄(連彈) 중인
번개와 천둥 가운데
한낱 잡목처럼 보이는 빗발이 얼크러진 매무새로
박차를 가하며 달려오누나

빗방울은 눈물처럼 하늘로 오르지 못해
추억이나 들먹이며 사는 어깨와 같이
자꾸만 아래로 흘러내린다
낮인지 몰랐는데
>

낮이던 암막커튼을 와락 젖히고
찢어지는 번개와
기품 있는 천둥에 걸 맞으려 짐짓
뒷짐진 채 오래 서있었다

폭풍우 그치면 유리에 엑스자로 붙여놓은 테이프를 떼야지
그러고는 사려 깊은 남자가 되어
암막커튼을 여민 뒤 아내를 불러야지
얕은 입맞춤이라든가 그녀에게 호감을 표한 후
하늘에서 발기한 번개가 어느 숲으로 돌진했는지
그리하여 감동한 천둥이 몇 초 후에 소리를 질렀는지
혹은 신음조차 흘리지 않았는지

그러나 뒷짐을 풀며 나는 어려워졌다
무겁고 막막한 유채(油彩)빛 암막커튼 사이로
쨍한 태양의 광휘가 쩌렁
쩌렁 고함치며 달려왔으므로
망할 변모된 밝음 뒤편으로 미소를 숨기며 물러나는 아리따운
그림자를
　목도하는 이 비탄, 이 고통이여!
　　>

저녁이 실의에 다 젖도록

숲보다 빽빽이 상심(傷心)이 우거졌으므로

나는 암막커튼을 더는 건드리지 않았다

중앙공원

가을이 형성되는 동안
초록이 허물어지고 있었다 어느
순간에 보며 푸르께하다고 말
하려다 말고 잎사귀에 묻은 노을을 쏙
닦아야 했다 그것은 곧 뒹굴겠지
그것이 앉아있는 벤치는 공원의
책임자인 양 굴겠지 가벼운 태도로
최선을 다해 눌어붙겠지 썩을 때까지
썩지 않은 채 냄새피울 거야 그로
부터 겨울이 올 때까지 그로부터
계절이 올 때까지 그로부터 그가 올
때까지 공원과 나무는 떠나지 않는다
척후 보낸 나뭇잎이 중앙으로 돌아
오지 않아도 슬프지 않다 그로
부터 계절이 형성되는 동안에

베개

베개는 내 귓밥을 먹으며 잔다
밤새 쩝쩝거린다 그게
불면의 원인이다 나는 베개가 싫다
어느 밤은 베개가 나를 베고 잤다
너의 본분은 무엇이냐?

아침에 일어나 물었으나
봉분처럼 누워 베개는 말이 없다
나도 물끄러미 베개를 보고만 있었다
베개가 나에게 무슨 감정이 있을까마는
베개의 이유를 모른다

나는 폭발해서 전격적으로 베개를 누른다
목을 조르고 명치를 가격했다
쓰러진 베개를 일으켜 세웠는데
처참했다 실밥이 터진 사이로 꾸물
꾸물 내장이 흘러나왔다

아내에게 부탁해 귓밥을 팠다
그는 굶어죽을 테지만
퇴원해서 힘없이 누워있는 베개를 아침

저녁으로 보는 것보다 낫겠다 싶다

소리가 잘 들렸다

나무야

나무가 말 아끼는 것
참으로 배울 만하다

과묵한 그들의 성정에 비해
천만 분의 일도 못한 나로선
부럽고 부끄럽다

나무야
나 무야

내가 없는 이름아
노숙에 능해
서서 자는 데 도가 튼 나무야
득도한 스님도 공손히 합장하시며
관세음보살보다 네 이름 먼저 부르는데
반말해서 미안하다
나무야

오늘은 푸른 것들의 집회 날
긴 가로를 걷고 걸어

숲으로 모여드는 나무야

떨어뜨린 콩

됴됴는
어울리는 콩
頭頭는 마주 박은 머리말

누가 흩어질 것인가

벽

벽돌이 모여
벽이 되었다
벽 앞에 서면
벽은 대체로 난감하다
벽은 과묵하고
벽은 담담하고
벽은 벽에 기댄다
벽을 허물려 했는데
벽돌 한 장 빼내지 못했다
벽을 향한 도벽을 여태 고치지 못한다
벽이 달리다 말고 모퉁이에 쪼그리고 앉는 것은
벽이 지쳤음을 의미한다
벽에 어울리는 이름은
벽이다

미련

이 숲에서
다른
숲으로
걸어가다
말고
우뚝
밭 가운데
멈춰
오래
오래
떠난 숲을
뒤돌아
보고 선
미루
나무
한
그루

겨울나무

잎을 다 던지고
발라먹은
닭발 같은
가지로
갖가지 바람을 움켜쥐고 서있는
빈
횃대

4부

견딜 만한 즐거움

암캐와 검정 봉다리

암캐가 친정을 다녀왔는지
검정 봉다리를 물고 있다

어둔 봉다리 안에 무엇이 있을까
몹시 궁금했다
뼈다귀든 살코기든
여하튼 모종의 물질이겠지

신선한 채소나
이불은 아니겠지
내가 아는 한 저 암캐는
노숙을 한다
앉지 못해 엎드리거나
모로 드러누워 할
할 암내나 풍기던

암캐가 물고 있던 봉다리를
가만히 내려놓은
순간,
딱 눈이 마주쳤다
도망가야 할까?
>

그때였다 암캐는 검정 봉다리에
번들거리는 코를 박고
몰두하기 시작했다

새벽이 왔으 ㅁ 로

여러 무능한 밤이 지나갔다
아내는 슬퍼했다
예전에는 안 그랬는데
나는 초심으로 돌아가
처음 수로를 밟는 물처럼 신중히
분위기를 다루었다

앞부분과 뒷부분
위와 아랫부분
좁게 확장하는 여러 질료들
전반적으로 익숙히 다루거나
다루어지는 냄새들; 또한 우리는
서로의 음탕한 목소리를 인용했다

다시 무능한 밤이 지나갔다

이불이 다 상할 만큼
많은 역사가 흘렀다
그런 사정이 있었다 거짓말
이다 사정이 없었다
>

얼굴이 의아했다; 무엇인들
의아하지 않을까
최선을 다했다면 결코 후회하지 않으리
후회했다

나란히 눕거나
조만간에 돌아누워서
서로,
로서,
부정하고 부정하며
부정의 부정은 긍정이라고 자위하며
곱게 숨죽였으므로

나는 안도했다
막 지켜지는 약속처럼 칼같이
새벽이 왔으므로

나무에 귀를 대고

나무가 서로
서로 떨어지려는 경향은
외로움을 즐기기 때문이다

밤에 문득 깨어
발가락을 움직여 다른 뿌리에 대는 행위는
곁이 그리워서다

두 손을 들어 하늘에 경배하다
눈물 떨구듯
잎 떨어뜨리는 이유는
낮은 데로 임하는 그의 마음이다

나무에 기대어 가만히
나무를 들을 때
머리 꼭대기까지 피 치솟는 것은

나무가 나를 퍼 올리고 있음이다

봄

들판이 사방 들쑤셔지고 있다

음탕한 바람이 꽃과
꽃을 붙여주느라 발 없이 다녔다
성가신 벌이 간여하고
때 이른 잠자리를 갖고 다니는 잠자리와
흰 돛을 편 나비와도 조우하였다

시냇물의 자잘한 신음이
온 들에 소문처럼 퍼질 때

한 무리 바람이 몰려와
수북한 풀을 애무하더니 벌러덩
뒤로 자빠뜨리는 현장을 목격하였다

평소에 결백한 나로선
얼굴이 화끈화끈했다

꽥 달리는 기차

산모퉁이를 돌아 나오던
기차가 드디어 무언가 깨달았다는 듯 꽥
꽥 기적을 울린다

기차는 무엇을 깨달았을까
철학이나
미학?
그렇다면 꽥꽥대는 목소리만큼은 기적이다

어릴 적 급히 올리던 새 바지에
고추가 물려
동네가 떠나가라 울어댔던 기억처럼
기차는 들판을 여며가며 꽥
꽥 소리친다

애써 재운 아이가 칭얼대고
실망한 보모는 크게 한숨을 쉬고
무덤 사이를 산책하던 귀신이
꽥 비명을 쏜다

앞으로도 한 십 년 동안만

저 기차가 말없이 달려준다면
그리하여 십 년이 꽉 찬 날 꽥하고
무언가 크게 깨닫는다면

더구나 철학이나 미학 따위 시시
껄렁한 것이 아니라 바야
흐로 시 한 편 완성한 기쁨이 넘쳐 꽉
꽤엑 목청껏 기적 짓는다면

대강철물점에 수도꼭지 있나요

수도꼭지에서 똑
똑 물방울이 노크한다

밤에도 쉬지 않는다 말똥
말똥 잠이 오지 않는다

수도꼭지를 꽉 잠궜는데 그렇다
꼭지가 돌겠다 수도가 말썽이라면

지방으로 이사를 갈까 이런
고민 중에도 떨어진다

수도꼭지에게 재갈을 물리거나
차라리 내가 귀마개를 할까?

수도꼭지는 이제 무섭다 수도
꼭지 몰래 조심스레 문지방을 넘고

방귀는 여러 차례 나누어 뀐다
소리 내어 책 읽거나 저녁 밥상을 물린 후
>

아내와의 소란은 꿈이다 이럴 때 단양
대강에서 철물점하는 시인*이 생각났다

• 홍정순

마포대교

나라는 좀 나아졌는지.
평화와도 같은 거짓말.
오늘은 누군가 다리에서 뛰어내린다 했다
자살은 동반일 때 제맛인 거야.
어둠보다 탁한 그림자.
지렁이에 집중하는 개미 떼.
모든 죽음은 시끄러워진다.
유역에 젖는 것은 물이 아니라 물빛.
생각은 입자(粒子)를 가진다, 곱고 다정한.
손가락이 가리키는 건 지적(指摘)일 뿐.
한 해 한 번 염천에 지었던 그늘농사
지나던 구름이 한 뙈기 뚝 떼어준다.
주제와 상관없이 오만 잡생각들.
조용히 꽃을 보는데 꽃은 아프다
가만히 꽃을 잡는데 꽃은 떨어졌다
뛰어내리는 건 누구나 마찬가지.
신문지에 열 번 쓰고 화선지에 한 번
사군자는 네 명의 어진 남자들.
사슴과 목련과 심지어 봉황과 함께 사는 어머니
그녀의 자개장 물려받을 수 있을까?
시계를 보면 퍼뜩 생계가 생각난다.

시를 쓰는 시간에 사회를 잊는다.
나라는 여태 갑갑하다
내가 관여할 일이 아닌데 끌린다.
다리 위에 꽃 한 송이 놓아주러 가야 할까?
지나고 보니 산다는 건 퍼포먼스였어.
여닫이 닫듯 스르르 닫았겠지 물빛 위에
누운 한 개의 눈꺼풀은

아침보다 먼

공기는 아침에 일어난다 붉은 목젖을 열고
기지개를 켜며

뚱뚱한 채,
하늘을 북 찢고 가는 무음(無音)의 수송기를 보라
천천히 상처를 포기하는

구름의 호스피스,

창을 닫지 마시오, 창창한 하늘을 창(唱)하랴
창(猖)해주랴
저곳의 투명 계단으로
새들은 디딤디딤 밟아 오른다
무겁디무거운 대륙 간 철새 떼
하늘에도 좌표가 있어 정확하게 횡단하는 폭탄들
착륙 지점에 피는 먼지와 천둥
벌거숭이의 비명; 비명(悲鳴)이 굳은
비명(碑銘), 즐비한 문장들

좌익과 우익을 날갯짓하던 새, 여기 잠들다
>

흠향은 했을까
아침에 울어주었다 새벽보다 먼저
공중에 퍼지는 애도와 흑흑, 두 개의 검은 울음
몸의 모든 구멍에서 흘러나오는 고름
썩은 유전, 귀두에 번들거리는 정액
흑흑흑, 세 개의 검은 울음과 번지는 신음
소문이 쫙 깔리자
사람은 숲으로 달아나고
숲은 나무속으로 숨었다

바야흐로 지구스러운 것들을 논할 때,

각얼음을 얼리니 빙하가 녹았다 애간장이 녹고
아침이 녹았다
수위가 오르고 수위가 해고되었다
계절이 돌아와도
잠자리는 바지랑대와 공중을 연결하지 않았다
모든 사정은 사정도 아니어서
훌륭한 신음이란 좆도 없었다

아침의 태양이 거리에 엎질러질 때

탁탁탁 골목을 뛰어가는 구두와
가방과 서류를 담은 1호 봉투와
우점종인 자동차들, 그리고 가판에 꽂힌
어느 여배우의 스캔들과 우리들의 통속을

보아라, 완전한 자유는 아침에 일어나서
늠름히 오후를 걸어가지 않은가

오늘인 하루와
내일의 하루,
명랑한 하루와
극악무도한 하루가
하루하루 흘렀다
보아라, 오후의 전생을 물어뜯는 광포한 이빨을
폭발하는 영감(靈感)에 갈가리 찢긴 문장의 혓바닥을
보아라! 길게 나열하는 세월과
로꾸거 흐르는 시간들을

뒤집어진 지구에 서면 투둑투둑 주머니에서 동전이 떨어졌다
저녁의 반대인 아침이여,
공중의 목젖을 열어다오

그리워지는 모든 계절의 저녁을 걷고 걸어

아침보다 먼

잘못했어요

꿇어앉긴 싫다
무릎이 나올 테니 말이야
무릎이 툭 나오면 뵈기 싫지
다림질을 하면 펴지겠으나
당신, 다림질하는 수고는 어떡하지?

그러니 의자에 앉는 게 좋겠다
관절을 기역자로 굽혀

등은 등받이에 기대고
시선은 전방 45도로
편안하게 말할게
어젯밤 큰소리친 건 미안해
마카 다 술 탓이야
내 몸에 찍힌 스피드마크? 것도
미안해 여자가 지나간 과속 자국이야
미안하단 말 빈번해서 미안해 정말
미안해

그러니까 당신
체조라도 할까?

나는 이미 숨고르기를 하고 있어 국가적이고
명망 있는 운동이야
체조라도 하지 않으면

나는 더욱 악화될 거야 등받이가 썩고
대관절, 펴지지 않는 관절은 또 뭐지?

마시라고 있는 것을 마셨을 뿐인데
들이켜라고 주는 것을 들이켰을 뿐인데
목이 있어 소리 좀 내었고
채호기라는 걸출한 시인도 있잖아?
그의 이름만 좀 빌렸을 뿐인데

그러나 미안해
미안할 짓을 뭐하려 하느냐 오늘도 그리 물어올 테지만
완전 미안해
가스레인지 위 양은냄비에서 해장해장 끓고 있는
콩나물들에게도 미안해

나, 의자에서 좀 일어날게

벤치와 구상나무가 있는 공원

애인이 버리고 간 여자의 어깨가 흔들렸다
잔가지에 별이 열리는 밤

대규모의 슬픔이 군단(群團)처럼 걸어오는 밤이다
벤치는 여자의 엉덩이를 만지며
감싸 쥔 손가락 사이로 주룩 흘러내린 울음을 핥는다
잘 가라 나쁜 놈
그쯤 욕은 해야겠지 이해한다 여자여

스산한 야밤에 홀로 우는 너는 누구냐?
을씨년이야
벤치는 스스로 묻고 대답하는 원맨쇼의 달인이다

엊그젠 인부들이 다 큰 나무를 데려왔지
무언가를 꾸미거나 모색하는
매우 기획적인 성향의 구상나무
때론 곧이곧대로 풍경을 일러주는 구상나무
구름다리 건너 동편 호수 옆에 발목을 묻은 밤의 우두커니
낮에는 피라미드 형신에 푸른 관상이었던
이제는 검은 실루엣이 돼버린 비구상
　＞

비현실 같던 이별이 현실임을 깨달을 때
여자는 비구상으로 일그러졌다

여자의 어깨는 아직 흔들리고
공원에 드문드문 서있던 백목련들이
벤치 쪽으로
자꾸만 티슈를 던져주는 밤이었다

물음들

가난을 피해 살 수 있을까요
아름다움을 외면하며 살 수 있나요
비행기는 왜 날아만 갑니까
어느 대륙에도 건설은 있었습니다
시는 없습니까
음악이 있습니다
젖 같은 리듬들 헉
헉대는 신음들 국가는 있습니까
노래가 있습니다
미학은 아름답지 않았습니다
가슴이 이토록 뛸까요
닭달하는 콩처럼 콩닥
콩닥 두근댈까요
우리와 우리 사이에서
사이를 지우고 포옹합니다
무엇이 아름답습니까
이름과 여름 사이
땀을 지우면 계절이 남습니다
각의(閣議)에서 결정된 사항들 아배 생각이 없었는지
아베는 법을 지키지 않습니까
섬을 지키지 않습니까

햇빛을 탕진하며 그늘은
오후에 수척해졌습니다
숨 막히게 아름다운 날에는
숨이 막혀 칵 죽어도 좋겠습니까
죽은 아버지는 하늘이 전용(專用)되었고
그를 닮은 중환자들은 대체로 무섭거나
무겁다 무거운 나의 물건
아내가 좋아할까요
누워있는 물을 부축해
일으켜 세우는 나무처럼 나의 밤도
곧추설 수 있을까요
나무랄 데 없는 나무들
당신의 배를 가르고
청춘을 적출해 간 시간들
공기는 도처에 만연했습니까
견딜 만한 즐거움
정액은 참아야 합니까
공중에서
지상으로 비가 자랄 때
담대한 유리창 안에 앉아 묻습니다
아름다움을 피해 살 수 있습니까

시를 피해서,
애인의 노동을 외면할 수 있습니까
그렇게 사는 때가 옵니까
정녕 가십니까

없는 마을

물색없이 노니는 물고기같이
산색(山色)없이 앉아있는 절집같이

흠 없이
티 없이
가뭇없이 떨어진 눈물 위에 하늘 들인 옹달샘같이

금 없이
경계 없이
나라 없이 영토를 지은 느티나무같이

사람 없이
마을 없이
마음도 없이

실연의 추억

태양은 바다의 끄나풀,
하루의 정탐을 마치고 숨어든다
처음에 주저했으나 나중에는 신속했다
헤어지며 끝내 돌아보지 않는 여자가 생각났다

비 내리자 민첩하게 펼치는 우산
남자의 왼 어깨가 젖어있다
환풍구 앞에서는 여자를 우회시켰는데
치마는 다른 바람을 맞으러 갔다

빈 해변을 빈틈없이 채우는 바람
코트 깃과 죽음을 치켜세워준다
모래에 남은 총총한 흔적들
뒤로 걸어 바다에서 나온 발자국을 보았다

점차 줄어들다 간명해진 머리통,
미리 들어간 태양은 보았을까?
이제는 오른 어깨마저 젖었을 것이다
희망은 희망하는 자의 것이 아닐 수 있음을

알았으리라, 끔찍한 공기와 웃음을

공중에 정지한 갈매기에게 던져주었을 때
냉혹한 별들은 표창처럼 번뜩였고
사랑 없이 사랑하는 얼굴이 흘러갔다

낭만파 고수의 삶

무엇을 쓸까요
바람과 빛을 쓰고 살았습니다 하루는
내일의 풍경과
대기의 공중누각에 거처합니다
눈을 보세요 눈으로
지속가능한 아름다움을 구하는
나는 낭만파의 고수
모든 사조 중에서 우리 파가 한결 낫습니다
오지리널은 오리지널의 잘못
이마를 탁 치며 반성합니다 이렇게
살아서 되느냐고
손발이 잘리면 몸통 굴려 살겠습니다
가난은 간단히 처리하고
다가올 시간을 엄연히 낭비합니다
죽기 직전에 느낄 공포와
죽은 다음 세상은 어떨 것인가 하는 궁금으로
우리는 천국에 원서를 씁니다
묻겠습니다 왜 사냐고
묻겠습니다 무덤 속에 들 어둠과
숱한 표절의 기록들을
말하지 않는 것과

말하지 못하는 것의 경계를
드러내지 않는 것은 실체였으며
왜 사느냐 묻는 것은 실수였습니다
아침이면 맞닥뜨리는 거울 속의 얼굴
뜨악하다 오후가 되어서야 익숙합니다
무료한 얼굴쯤 변검처럼 쏙 바꿀 때
나는 간절합니다 다른 사람의 눈에 보이지 않는
내가 그립습니다 나는 서정적으로 볼때기를
때립니다 그리워서 때렸습니다 표정이
어두워졌습니다 이번에는 볼때기로 손바닥을
때리겠습니다 표정이 급 밝아졌습니다
표정 연습입니다 우리 파의 연습 방법입니다
무표정 안에 표정들이 초고속으로 돌아다니는
한마디로 뒤집어지게 복잡한 나는
화두보다는 귀두를 연구해온 나는
웃음보다 신음을 더 좋아라 하는 나는
늘 그런 식으로 살아가는 나는
참으로 거시기한 낭만파의 고수

총체적 슬픔

이 밤에 무얼 생각해야 했을까

달이 게워논 따뜻한 토사(吐瀉)를 밟으며
인적은커녕
걸레질 소리 하나 들리지 않는 모래톱에 앉아

포구에 다다른 길이
허청허청 강으로 걸어 들어가는 것을 목격한다
강은 혀를 찰랑이며
한 백만 년은 족히 핥아왔을 것이다
무한대로 오늘을 찍어내는 세월 곁에서
대대로 오늘의 절반이었을 이 밤을 생각한다

현관이 여러 개의 신발로 나누어지듯
저 강은 또 잘게 쪼갠 물결로 나뉘어져
너울너울 연쇄(連鎖)할 것이며

검고 길쭉한 슬픔과 함께
바닥에 갈앉았던 길도 같이 흘러가다
하류의 어느 기슭에선가 건져지겠지
>

이 밤, 내게 온 슬픔은 슬픈 대로 쓸 만한가

이 강, 누가 던진 질문으로 강물은 저리 고뇌하는가

물음표에 미끼를 꿰어 던져 넣는다
걸려들 어둠과
적막,

전반적으로 이 강의 정서는 우울하며
여러 장의 막으로 형성된 적막이다
인생보다 조용하게
그러나 눈을 깜빡이는 저 야광찌처럼
기다림에도 포인트는 있을 것이다

오줌을 참는 아이인가
나는 강물을 보며 하염없이 찔끔대다가
구름을 막 벗어난 달이 보여준

물비늘의 뒤척임을 들었다

바람을 베끼다

1
바람은 습관적으로 피고 졌다
뭉치고 부풀며 무럭무럭 자라는 몸들

이것을 몸이라 할 수 있을까

포스트잇이 팔랑 떨어지는 일 초.
세 잎 클로버를 표절한 선풍기 날개.
그림자를 밀어가는 구름의 정처(定處).
새벽달이 나뭇가지를 흔드는 미명.

이런 수사(修辭)를 나부낀다고 말할 수 있을까

2
흔들리는 것은 바람이 아니었다
스스로 불어가며
낭창낭창한 사물을 만지는 손

바람도 한 번쯤은 나부끼고 싶지 않았겠나
늦은 저녁 굴뚝에 연기 피우듯
밤 마실 이슬 소문 좀 피우고 싶지 않았겠나
>

뿔테 안경을 슥 추켜올리고 본다
느닷없이 치마를 훌렁 들어올리는
탐구적인 바람과
비명의 탄생을

빨랫줄을 흔들어보다
즐거운 속곳만 골라 입는 바람을

허공에 살면서 허공과 자리를 바꾸는
공허여,
물렁물렁하고 투명한 무게의 처소에서

바람을 피우고 일어난 아침
식칼로 탁 쳐서 동강낸 무에도
바람은 있었다
무와 버무리는 바람 0그램
고춧가루와 뒤섞는 바람 0그램
빼곡한 콩나물시루와
그들의 아우성 다독일 바람도 0그램
어떤 레시피에도 무게 지우지 않을 것! 이것은
바람의 바램이다
>

3
입구가 열린 분재원에서
쪼그려 앉아 떡갈나무를 구경하는 바람

주인이 온실 문을 닫아준다

손쉬운 사건이었다
바람은 현장에서 즉사하였고
떡갈나무는 흔들림 없이 침착하였다 자고로
목격자의 자세는 이래야 한다며
바람의 시신을 수습하던 경찰관이 말했다

연고 없음으로 처리된 바람은
성남시립화장장에서 한 줌 재가 되었고
황량한 벌판에 뿌려졌다

그해는 을씨년이었다

4
바람이 나타났다는 소문이 들판에 파다하다
>

염소의 수염을 보면 안다

볼륨을 좀 더 높여봐, 풀들이 쭝긋 귀를 세웠다
앞다리가 짧은 토끼처럼
풀들은 언덕 아래로 뛰어 내려가다 한꺼번에 넘어졌다

이것이 바람의 풀 사냥 법

높은 곳에서 낮은 데로 엎드리고
필요한 만큼만 나부끼는 게
그가 일러주는 비결이다

5
무언가 받아 적는 손이 떨렸다
똑.
공책에 꼭꼭 눌러쓰던 심이 부러지자
고랑의 깃발처럼 운(韻)들이 일제히 펄럭였다

부는 것이 보였다

보름

달나라는 얼마나 명랑한 나라이더냐
달나라는 랄랄랄 마실 가듯 흥겨운 스텝이다
발음 나는 대로 읽을 수 있는 달라라
전쟁 없이 점령한 요새
깃발 쿡 꽂음으로 정복된 언덕 위의 동그라미
어제 오늘 뒤태가 다른 달나라
오늘밤은 빵빵하구나
누구나 변태,
너를 깨물 수 없으니 부럼이라도 깨물겠다
어머니는 너에게 나를 비느라 허리가 아프시다
아버지는 씰데없는 짓거리라고 세계 문을 닫았다
달거리는 여기서 삼십팔만 사천사백 킬로
노을 적신 헝겊이다
아내는 평소에 달을 두 개나 갖고 있어
달달하다
피타고라스가 정리했듯이
그것 둘과 저기 저것을 이어주면 직각 삼각형이다
달의 꼭짓점에도 건포도가 열릴까?
나사, 참으로 은밀한 자들
드라이버로 돌리다 느닷없이 발사하는 자들
보이저는 태양의 슬하를 벗어났다

236

지구의 슬하인 달나라
오늘은 저리 밝아서 맨머리를 쓰다듬는다
달이 꽉 차는 때를 기다려
토끼 부부가 막 방아를 찧기 시작했다
보지 말 걸 그랬어
아이의 눈을 가려주며
우리 부부는 얼굴이 화끈화끈했다

목격자

달의 문법이 생긴 이래로 최근에야 터득한 의인법을 네게 써먹을 줄은 미처 몰랐다

흐릿한 시력으로는, 그믐을 굴러다니던 전단지 속 얼굴과 십삼 세 아무개 양이라고 적힌 이름이 너인 줄은 보름이 다 되어 알았다

내 얼굴로 네 얼굴을 온전히 비추고 나서야, 둥근 볼로 네 윤곽을 비비고 나서야, 내 볼에 아직 덜 마른 눈물이 묻고 나서야 너인 줄 알았다

소녀야, 발가벗은 몸을 덮고 있는 낙엽마저 바르르 떨고 있는 새벽인데 나는 그믐처럼 가벼이 떨 수도 없으니

누워있는 너를 조심스레 만지는 새벽달일 뿐, 나는 너무 멀어서 미안하고 스포트라이트도 손전등도 아니니 널 비출 수 없구나

목소리가 없어 사람을 부를 수 없다 소녀야, 네가 마지막 삼킨 비명 외에는 먹은 게 없을 테니 시취(尸臭)라도 좀 흘려보렴

백주 대낮에 당한 소녀야, 틀어막힌 비명을 들어주지 못해서, 결

정적으로 그때에 내가 어두워서 미안하다

그러므로 범인의 얼굴을 모르는 것이 한스럽다

아아, 소녀야
부옇해진다 다시 아침이 온다

낮 동안은 자리를 비울 테니
다시 왔을 때는 네가 없기를 바란다
네게 말을 걸지 못해서
차라리 내가 적적해지기를 바란다

그리하여 네가 있던 공터에 풀쩍 뛰어내리다 이 한 몸 다 깨어진
들
백주 대낮에
수천수만 갈래로 찢어진 네 가슴만 하겠느냐!

나는 문외한이다

가만히 생각해보면 나는
문외한이다.
무엇에 대(관)해서 그럴까.
문득 생각해도 골똘히 생각해도
왼쪽/오른쪽, 어느 편으로 생각해봐도 나는
문외한이다.
무엇에 관(대)하여 그럴까.

나는 다 자라서, 얼굴은 성인용이고 주름은 주름주름하다.

어떤 것이 나를 매만져서
내가 바르게 컸거나 부드러워진 것이라면
누가 나를 더 주물러다오.
주물주물, 주물러서 주물을 떠다오.
그 주물에 얼굴을 붓고 빤빤하게 펴다오.
나는 그 방면에 더는 모르니
문외한이다.
무엇에 대하여 그렇다.

나는 여태껏 발설하지 않은 소문,
잘 간직해온 구설(口舌)의 내력이다. 나는

배꼽 아래 검정 잉크를 쏟은 지 오래된 사내, 수많은 여자에게 오점을 남긴 얼룩이다.

나는 어려져서 얼굴이 곱고
일대를 주름잡는다.
나는 댐처럼 골목을 막아서서 주머니를 뒤진다.
이때의 나는 전문가다.
수문을 조금 열어서
털린 주머니만 방류해주는 솜씨를 좀 보아.
무일푼인 주머니들은 턱이 돌아가거나 골목을 돌아갔다.
돌아간 모서리의 마지막은 막다른 골목 – 여기서
커브는 살해되었다.
그건 전문가의 솜씨여서,

나는 모르는 일이다.
무엇에 대(對)하여 그럴까.
나는 예의바르게 늙었고 주름이 주름졌으며
착한 눈을 끔벅이는 나를 통틀어 사람들은
문외한이라 칭한다.

2호선에 고래가 산다

30분 넘게 잠영을 하던
고래가 숨을 쉬러 박차 오른다

힐끗, 보라매 카센터 간판을 본 것도 같은데
신대방이다

고래 본인 입장에선
신대륙이어야 폼 날 텐데 신대방이라니
이 노선에는 신촌이 있고 신천이 있고 신림도 있지
신도림이 있고 신당이 있고 신답이 있지
마지막으로 신설동이 있는데 그건 최근에 신설된 역일 것이다
신字 돌림 문중을 주유하는 고래여
잠실에는 누에를 뱉어놓고 사라진 고래여
들리는 족족 인어 떼를 삼켰다가
틈틈이 게워내는 고래여
너의 해적인 내가 오늘은 술이 과하구나
나는 뚝섬에 내려서 보물을 숨길 테니
너는 또 어느 항구를 찾아가거라

넉넉한
오늘밤은 달이 두 개로구나

고래고래 불러보는
고래여!

돌

이것은 무언가 많은 것을 알고 있다는 느낌이다
곰삭은 바람과 시간을 이룩해왔다는 생각이다
암암리에 어둠을 다져온 세월의 전문가일 것이다
그가 구를 때는 소리 먼저 처소를 떠난다
돌에게 있어 순간이란 돌아갈 수 없거나
돌이킬 수 없는 과거의 장면이다
지층같이 두터운 연대를 곱씹어왔다
빙산의 일각처럼, 드러난 부리는 일종의 순(筍)이다
오래 스크럼을 풀지 않는 성곽에 이끼가 슬슬 모여들었다
돌발(突發)은 튀어나온 돌이 문득 발을 내미는 행위다
돌의 삶에는 기교가 없다는 게 정설이다
물이 얕고 살이 센 곳에는 돌돌돌 세 번 구른다
이 정도는 손쉬운 기교에 속한다
뼛속이 빈 새처럼 날아다니는 돌이 있다
부석사에는 부석부석한 돌이 천 년 넘어 떠있고
골리앗은 이것으로 이마가 터졌다
어떤 전례(前例)도 돌 속에 갇힌다
우리가 공기를 세지 못하듯이
돌의 숫자를 포기하는 순간 미지수가 태어났다
돌을 보지 않고는 눈 둘 데 없는 이유다
걸어가는 돌은 모자 밑에 앉아 거리를 이동한다
예를 표하고자 잠시 모자를 들어올리지만

대부분의 그것은 미풍이며 양속이다
아무래도 이것들은 세상을 모색하고 있다는 느낌이다
납작한 몇 놈은 묘기를 부리느라 징검징검
물 위를 뛰어서 건너기도 한다
몇 발짝 안 가 가라앉을 줄 알면서
저리 닳고 닳아왔는지, 모자란 돌이다
대가리다 무턱대고 들이대는 대거리다
쉼 없이 침묵하고 있어도 다 들리는
속삭임이다 광장의 신념이며 눈물이며 매캐한
암약이다 아스팔트에 가부좌한 화두다 화약이다
화근이다 쌩 짱돌이다 피하지 못했으므로
피다 흐르는 장미다 붉은 향이다 피지 못한
꽃이다 물렁한 고름이다 붕대를 두른
돌이 깃발을 들고 뛰어간다 탁탁탁 골목을 돌아
간다 뒤쫓는 호각(號角)과 돌아간 돌은 호각지세다
돌에 맞아 쓰러진 소리의 꼬리가 짧다 퍽!
퍽 아프겠다 간단한 비명과 명료한 절명이다
울음이다 우릉우릉 타는 구름이다 검은 바위다
거대한 엄습이다 쪼개진 바위가 내린다 바위가 다 닳고
시간이 자란다 경적을 울리며 세월이 온다
모른 체한다 슬그머니, 돌을 주워 들었다

가족사진

1
벽에 매달린 사람들

유리액자 틈에서
비좁은 세월을 견디느라
다들 수고가 많다

눈이 선한 저 사람들이
눈에 선하다

2
누구는 산에 있고
누구는 강에 있다

강에 뿌려달라 했는데 비(碑)에 새겨진 사람
일과를 마치고 돌아가신

누님이 있다
있다/없다/있다/없다
아카시아 잎을 한 장씩 떼보는데
>

없다
줄기만 남은 세월,

시간은 흐르는데 기다림은 멈춰 서서
있다없다 여러 번을 세어봐도
없는 사람은 없는 벽에

표정이 닮은
허공이 못 박혀있다

3
없는 사람이 없다
없어진 사람이

있다

캔

학교에선 내 딸을 스카웃해서 캠프를 간단다
그래, 내 딸은 스카웃당할 만하지
잘 본 것이야
나는 딸이 자랑스러운 걸스카웃의 아버지
아래층 아이는 보이스카웃이란다
보이스카웃보다는 위에 사니 걸스카웃이 더 높지
나는 더욱 자랑스러워져서
쌀과 참치 캔, 꽁치 캔, 고등어 캔, 닭 가슴살 캔, 개구리 뒷다리 캔,
고양이 울음 캔, 무슨 캔, 캔
캔들을 배낭에 넣어주며 can
캔은 뭐뭐 할 수 있다는 뜻, 그러니 용기를 내렴
딸아, 거얼 스카우트야
남은 쌀이 없으므로 네 엄마는 쌀쌀해질 테지만
그래도 복숭아 캔 하나는 남겼으니
우리 집은 도원(桃園)이구나

아, 나의 딸아
캔들이 덜그럭대면 쌀알이 곤두설 테니
뛰어가진 말거라
넘어지지 말거라

배시시

오늘밤
꼬옥
반달을 품에 안고 잠이 든
반달가슴 아기
곰이

둥근
보름달을 안는

꿈을 꿉니다

빨간 저녁

화장터 인부 안팔현(安八賢) 씨는 내 친굽니다
그는 성씨만큼 편치 못합니다
성수기에는 더 그렇습니다 오늘같이
하늘이 열려있어 오르기 쉬운 날은
영구차가 꼬리에꼬리를 물고 밀리기 때문입니다
사람을 설거지하는 일이
밥풀 묻은 인생을 뽀독뽀독 씻어 너는 일이
그의 밥줄입니다

아껴둔 패일망정 포기하는 시간입니다
비풍초똥팔삼 순서로 빼 던져보는데
언젠가는 쭉정이마저 버려야 할 겁니다
한때의 끗발을 추억하며
기름진 몸에 불을 댕깁니다 불불
불은 제 이름을 부르며 타오릅니다
불불 그래도 이건 아니지 이렇게 타는 건 아니라며
굽는 오징어처럼 배배 비틀고 오그립니다
근육이 졸아붙어 관절을 당기면
벌떡 일어나 앉습니다 깜짝이야
펑 배가 터져 창자가 엎질러지고
다신 감을 수 없도록 머리카락이 눌어붙습니다
어머니와 아내가

스킨과 로션이
드물게는 애인과 정부가 어루만지던 사람의 바다는
군고구마처럼 그을렸다가
호호 속까지 노릿노릿 익었다가
입술이 새까매졌다가
그대로 불이 됩니다

복도에 무성하던 울음이 식었을 때
안 씨는 남은 뼈를 빨습니다 콩
콩콩 마멸과 환멸이 갈립니다
닳거나 수고했다는 말입니다
삶과 죽음으로 갈립니다
송장이여 욕봤다!
마무리 멘트가 마스크 밖으로 탈출합니다만

안 씨는 직장에서 탈출하지 못합니다
남은 뼈들은 아직 남았고
미세하거나 자세해지기를 뼈들은 바랍니다
불빛은 오래 얼굴에 젖어있으며
저녁이 되자
노을마저 그런 색으로 물들어있습니다

가시박*

한 일주일 전 강변을 지나다 보았는데
밑동에 모여 갉작대더라
어제는 나무의 등에 업혀있더니
오늘은 우듬지 목말 타고 이랴이랴 한다

저것의 삶이란
눈길 가는 대로 무성해지는 것
시간을 다퉈 번성하는 것
틈 주면 비집고 들어오는 것, 바야흐로
얽고 얽어 복잡스레 관계하는 것
태양을 바라는 나무의 기대를 저버린 채
기대고야 마는 것
기대는 척하다 목을 조르고
끝내는 나무의 안색을 검게 만드는 것

것들의 점령은 덩굴의 몸짓으로
자일을 던져 벼랑을 기어올라
두루뭉수리 산의 전신을 휘감는다
것의 푸름 속에 든 모든 푸름은 가시에 찔려
상처 난 자리로 고름고름 눈물 흘리다
불그죽죽 죽어나갔다
>

어떤 박이기에 소나무가 죽고 산벚이 죽고
벗이 신음하는가
노들이 죽고 낙동이 죽고 영산이 죽고
금강이 죽고
모래톱은 말라가는가

눈엣가시인 박아, 교란하는
박아, 들이박고 싶은 박아
박박 기어오르지 마라, 이명처럼 들리는
네 가시박아!

* 가시박: 북아메리카 원산인 박과의 일년생 잡초로 악성 외래 잡초이다. 토종 식물을 휘감고
  올라가 고사시키며, 2009년 생태교란식물로 지정되었다.

간신히

　안토니오 신부가 성당 화장실에서 오줌을 누고 손 씻지 않은 걸 목격한 후, 그게 회자되자 더러운 손의 안토니오 신부에게 밀떡을 받아먹으려고 줄 서는 신도는 없었다. 더러운 손의 안토니오 신부는 줄여서 더러운 손의 안토니오로 불렸고 더러운 손의 안토니오는 얼마 안 가 더러운 안토니오가 되었다. 더러운 안토니오는 더럽지 않은 안토니오가 되려고 손을 씻기 시작했다. 일어나 잠들 때까지 식음을 전폐하고 손을 씻었다. 어느덧 양손이 다 닳아서 손목만 남았을 때 우리는 더러운 안토니오를 한때 더러웠으나 간신히 깨끗해진 안토니오로 부르기 시작했다. 한때 더러웠으나 간신히 깨끗해진 안토니오는 너무 길어 간신히 안토니오로 줄였다. 나는 나름 깨끗해진 간신히 안토니오 신부에게 고해성사를 했다. 오오, 간신히 안토니오여! 그날 화장실에 제가 있었나이다. 그리하여 보고 말았나이다. 제 발설의 죄를 사하여주소서. 커튼 저쪽에서 간신히 안토니오는 손목만 남은 팔을 들어 간신히 정말 간신히 성호를 그으며 대답하는 것인데. 그때 들려온 이 세상에서 가장 낮은 음역대의 파이프오르간 소리.

지구

한없이 약해지다
한없이 약해지다
한없이 약해진 지구여

가뭄은 푸르고
한파가 뜨겁구나
장마는 얕고
건기는 축축하여라
사랑을 속이고
거짓은 교과서에 있었다
어떤 사랑을 하였기에
너는 뜨거워졌는가

한없이 약해지다
한없이 약해지다
한없이 약해진
지구여!

모란

1
모란시장의 명물은 누가 뭐래도 모란이다
붉은 꽃이 피는 서쪽 통로에 비명이 즐비하다

까딱,
지적(指摘) 한 번에 태어나는 죽음들
사시사철 살아있다는 것이 무료해
목에 칼 들이는 것들

살아온 날이 초 단위로 표시되는 전자저울 위
애완의 추억 한 토막이 척 올라앉았다

손님, 한 송이만 사 가세요
방금 꺾어서 싱싱합니다

비좁은 화단 안에서 차례를 기다리던 생화(生花)들이
오전에 꺼낸 동료의 내장을 먹는다 먹어야 산다 살아야
죽을 수 있기에

2

통로를 지나는 사람은 모두 면식범이다
띄어쓰기없는단골들,

장수원보신탕원조 호남집보신탕언니네보신탕산골흑염소문형
산토끼만수건강원여수토종닭오리현대건강원여주 흑염소충남닭집
영남흙염소형제흙염소영광축산장흥상회백세건강원전주건강원
전남건강원전남가축무등흑염소성도흑염소 모란만물상회서울건
강원부안가축장수건강원태양건강원순천가축장터건강원호남건
강원원조건강원고향건강원백제약초 앞을 지나며

보았다 통째 그을린
검은 유두에서 흐르는 흰 젖을
두고 온 새끼가 파고들어도 물릴 수 없는 익어버린 젖가슴과
공포에 오줌 지린 비린내를

보았다 점점이 뿌려준 꽃잎을
울혈의 포인트를

3

맞닥뜨린 골목에서
사람이 되돌아가던 시절이 있었다
한쪽 다리를 들어 전봇대에 영역 표시를 하던 요의(尿意)의 한
때를
생각하면 저절로 웃음이 났다 컹컹

울음이 났다 쇠창살 쪼개놓은 하늘을 물고
늘어지지도 늙어지지도 못하는 시간을 어쩌나
예절을 배웠고 복종을 알아서
길길이 날뛰지도 못하는 이 심사를 어찌하나

이제는 하늘이 내려와 물고 있는 이빨과
이빨이 물고 있는 혀를

혀에서 돋아나는 떨림을
그 정밀(精密)을

4
어떤 각오가 죽음을 덮치는가
말하라 꽃이여
  >

모란이 피기까지는*
떨어지는 꽃잎에 쑥대밭이 된 통로와
부서진 화단을 탈출하는 개들과
돌아온 개를 얼싸안은 주인과
되찾은 목줄과 양은밥그릇을
그릇에 수북 담기는 목메임을

아직은 살아있으므로 상상할 수 있는 것이다
모란이 피기까지는
먼 훗날의 일이라 생각했던 것인데

덜컹

열리는 철창 틈으로 지문(指紋)이 다가왔다

* 김영랑.

봄

이제까지의 시대는 언제고 갔다
무슨 형용으로 계절을 규모(規模)할 것인가
착한 것들이나 거리에 횡행한다
아름다운 얼굴은 산에 들에 잘 피라 하고
나는 이 아파트 골방에 붕 떠있다
엘리베이터 열리는 소리가 나면 자동으로 쫑긋한다
봄은 올라오지 않았고
범우주적으로 나는 쓸쓸해진다
11층까지 그들이 찾아올 리 만무하건만
베란다에는 근질거려 죽겠는 구근(球根)이 있고
뾰족 내미는 영산홍 혓바닥에
나는 약이 오른다, 바야흐로
이런 광경은 민망하므로 고개 돌리려는데
공기의 질을 살곰 벌려서
핥고 삽입하려는 순간의
순(筍)이

엄마는 태어나리라

나는 엄마의 아들이고
자궁이 없으므로
내가 태어나려면 엄마도 태어나야 한다

먼 훗날에라도
엄마야, 다시 태어나라 꼭

당랑螳螂* 부인

헉
그는 짧고 뭉툭한 신음을 토하곤
페니스를 뺐다
올라탄 배 위에서 그가 툭 굴러떨어졌다
동시에 만족한 것이 얼마만이던가

문득 시장기를 느낀 나는
그의 이마에 송골송골 맺힌 땀방울이
꼭 환삼덩굴 잎사귀에 앉은 이슬 같다고 생각하며
그이의 귀에 속삭였다
배고파요
달뜬 그가 대답한다
아아 죽어도 좋아

나는 그이가 고마워서
머리부터 씹기 시작한다 아작
아작 골이 부서지고
다디단 골수가 흘러나와 입 안 가득 괸다
아직은 살아있는지
쾌감이 아니라면
극심한 통증으로 바르르 떨고 있는

장딴지에 키스를 한다
사랑해줘서 고마웠어요
여보

* 사마귀.

겨울 하회에서

강물을 끊던 비가 관주(貫珠)를 매기고 있네.

이런 표현은 지난 계절의 문장으론 가했다
얼음장 아래로 물음표 하나를 거꾸로 내려놓고
언제 물지 모르는 대답을 기다리고 있다
대충 꼽아봐도 사백 년, 하 벌써 그리 되었나
강물은 얼었는데 세월만 저리 살(矢) 같아서
종(種)이 다른 풍습만 시리게 부는구나
일찍이 사직(社稷)이 떨어졌음은 별똥별로 짐작하였고
이후로도 여러 번을 징비(懲毖)치 못한 것에 마음 쓰였더니
광화문을 지키던 여해(汝諧)*는 어디로 갔는가
봄밤에 술 마시고 그대와 더불어 장진주사 부르던
시절은 또 어디 있는가, 임금이 부른 걸까
누군들 알겠느냐 내가 험험 내는 기침 소리
쩡 쩡 쩡 쩡 겨울 강바닥에 징검돌로 놓이고
진흙 속 메기처럼 가끔은 올라와 흰 수염을 쓸어내린다
어느 화공이 이 황량을 그릴 것인가

한참을 서있었다
얼음낚시를 하던 노인이 그만 일어나려는 듯 보였는데

* 여해(汝諧): 이순신.

264

어둔 숲에 서서 울다

부드러운 실타래가 떠내려가다
소(沼)에서 뱅뱅 꼬이고 있다
나는 눈을 떼지 못하고
그곳을 풀어보고자 애쓴다
근방의 소나무 향기와 공기가 섞여
열정이 구현되는 것을 지켜보고 있다
은빛 배를 뒤집는 문란한 피라미와
노년에 그만 몸을 던지고 마는 나뭇잎,
텅 빈 공중에서 뛰어내리는 하늘을 보라
사려 깊은 이 숲의 구성원들이
전개되는 계곡에 전념하고 있구나
길쭉한 소리는 이제 새카매질 테지
어두워진 숲속에 서서 누군가 때문에
울어야 한다면 별에게도 나눠주리라

흔들리는 의자

저녁이 되어
항구에 정박한 배처럼 집은
섬세히 흔들리고 있었네, 실은
삐걱대는 의자에 앉은 내가
흥얼거리며 몸 흔들었을 거야
이 의자에 앉아 실로 꾸준하게
옛사랑을 생각했는지 몰라
나무의자에 돌출한 못에 잠시 찔렸을 때
그 옛날 치명적인 내 잘못을 깨달았다네
검은 바다에 갈앉는 달빛을 보며
나의 회한도 접시처럼 수면 아래로 지그
재그 흔들며 잠겨갔으면 한다
우리가 나란히 앉아 얘기할 수 없으니
이 집의 고요와 함께 간절히
간절히 흔들릴밖에

명상

강은 누워서도 천리를 간다

이 책상 앞에 앉아 나는
어디로 가는 것이냐

미안하네

언제
누가 나에게 안부를 물었던가

그냥
잘 산다 말하였네

그러고 보니

내가 그에게
안부 인사를 하지 않았네 그는

얼마나 섭했을까 생각
하니 너무 미안해 미안

미안했다네 미안
얼굴이 아름다운이여 미안

미안해서 죽을 작정이네
죽었다가 다시 일어나

미안하다네 안부는

필히 여쭙는 것

다시 말하지만 미안하네

역

역에서
역으로 가는 기차

기차는 역을 전전하지만
역을 거역하지 않는다

누구나 기차를 보며 역정 내지 않듯이
나도 그러하다

마음속으로 뿌움뿜 덩
커덩 덩커덩 그의 음성을 생각해낼 때

기차는 플랫폼으로 다가와 스르르
기차게 멈춘다

몇 년 전 모르는 역에서 아주 내린
아버지가 돌아온다면

그런 기적이 발생한다면 뿌움
뿜 기차 역시 기적을 울릴 거외다

비와 베개

빗소리를 들으려고
좀은 자세히 들어보려고

창가에 베개를 베고 누웠네
누운 이마 위로 빗방울 떨어져

이마가 번들번들해졌네
그러나 베개가 젖으면 안 되지

베개에 문제가 형성되면 여자에게 야단 맞으
므로 나는 이마를 넓혔다

너는 이마가 훤하구나
이런 말은 신물이 난다

빗소리에 집중집중하느라
이마가 좁혀지자

드러난 베개를 집어 흥건해진
마당으로 냅다 던져버렸다

몸시

누구의 시든
맛있는 시를 한 잔 마시면

그게 몸에서 빠져나가는데
한참 걸린다

막걸리를 한 통 마시고 얼마
안 가 불알을 내어 빼내듯이

길게 뽑는다 길게
내질러야 시원하다

아내와 그러하듯
그녀 신음이 길어져야

잘된 아침이 온다
칭찬받는 시가 된다

5부

분위기를 사수(死守)해야 해

가을

시푸른 내부(內部)를 늘이느라
나무는 휘하에 그늘을 두었다

그늘은 하루
종일 우듬지를 시청한다

늦은 가을에 쨍강
브라운관이 깨졌다

맨발로 아래를 거닐자
밟히는 족족 나뭇잎에 피가 묻어났다

첫사랑

그 사랑을 나는
애써
기억하지 않으련다

내가 잃은 아무것도 아닌 사랑이

마침내 찾아온 두 번째 사랑에게

지워질까 봐

끈질긴 책상

회식 장소가 위화도는 아니라서
역사성이 몹시 떨어졌으나 나는 집구석으로
회군키로 전격 결정했다

한번 시도해본다는 것
그것으로 가치는 충분하다 자위하니 점
점 열이 올라 흥분되었다

병신, 진즉에 그럴 것이지

당신의 감동적인 행위에 깊이 감사드린다는
호의의 치사(致辭)쯤은 애초에
기대하지 않았지만 병신이라니!

나의 성장에만 골똘한 군주여,
내일 아침나절이면 큰 책상이 배달될 것이다
나는 그 책상머리에 앉아
인내를 소재로 시를 쓸 테다
거절을 주제로 시를 쓸 테다

한 사나흘은 열정적으로

주도적으로

그러나 아침에 구두를 닦아놓는 당신을 생각하며

꿈쩍 않을 것이다

한낮의 즐거운 괴로움

괴로울 만한 꺼리를 찾아야 한다

나의 견해는 빈번히 이러하다
최선을 다해
최후의 결과를 뒤집는다

오늘은 볕이 괜찮으니
창문 대신 누군가 열리리라

강박과 관념은 그렇고
그런 사이다
견딜 수 있는 현실,
어려움은 단번에 형성된다

법이 정한 테두리 안에서 고통을 수용한다

너의 견해는 어떠한가
신음은 입가에 얼룩지고
눈물은 박수처럼 열렬히 시끄럽다

지금은 볕이 좋아서

어두워지기 참 좋은 대낮이다

나에게 너무 잘 해주는 하늘이
못마땅했다
절망적인 화창(和暢),

날씨는 불순한 끄나풀이 틀림없음을
저 하늘에 대고 맹세할 수 있다

시간

플라스틱 물병 속에서 아직 바닥나지 않은 물과
목숨

환자는 너무 아파
환장이다
마지막 한 모금을 즉시 마시고 싶어 한다
타이밍을 봐서

부드럽게 물병을 감추어야 했다

당신이 죽었을 때

당신이 죽으면
우리는 당신을 묻을 텐데

그러면 당신은
정작 당신은 세상을 묻겠지

세상을 묻고 나서
홀연히 당도한 그곳에서

세상과 함께 묻히고만
우리를 그리워하겠네

미친 듯이,

묻힌 세상을 파헤치는
당신을 그리워하겠네

나는 박살난다

나를 가지고
무엇에 대고 비유하거나
풍자하길 즐기는 여자를 알고 있지
천정을 헐면 떨어지는 마른 쥐
냄새를 풍기는 여자
물건이든 마음이든 무엇이든 나와
균등히 나누려드는 여자, 공산당 같은
동무 하날 알고 있지 만약에
그녀가 오늘밤에 나를 지목한다면
그로써 나는 자빠지는 것이다
보잘것없는 모든 부분보다 하찮은 다리가
후들대다 쓰러지고 마는 것인데
친절하게도 그녀는 다리를 어루만져준다
어느새 나는 녹초가 되고
조용해지고
한시름 돌렸다 싶었는데
어느새 다시 녹초가 되었다
약해빠진 새끼
나를 가지고
비유하거나 풍자하다 말고 직설적으로
대놓고 표현하는 여자를 알고 있지

대낮에 태양의 따발총을 맞고 헐
떡거리는 개새끼처럼 헐떡대는
신념 하나를 알고 있지
최상 아니면 최하
중간을 용서 않는 그녀를 위해
집중적으로 중간을 가꾸어야 한다
하던 대로 그녀는 나를 지연시키겠지
나는 뜻대로 루즈해진다
그녀 입술 위에 루즈가 깔려있었지만
나는 점차 느려지고
널브러지며 동시에 아련해진다
마침내 등 아래 깔린 욕조 바닥,
나를 가지고
빙빙 잡고 돌리다가 탁 놓아버리거나
당기고 들쳐 메기를 즐기는
여자가 돌아오기 전까지는
나는 무엇이든 계획할 수 있겠다

고래의 시간

한밤에 고래가 그리워서 고래
고래 소리 질렀다

술을 시작하기 전에 고래를 생각했다면 저토록
소리치지는 않았을 텐데

꼭 취해서야 고래가 간절해지니
참 웃긴 일이야

술병 주둥이를 쭉 빨며
초지의 말술보다는
대양의 술고래가 몇 끗발은 더 세겠지
생각하니 영 웃긴 일은 아니다

고래(古來)로부터 전해온
저 포유류들 유흥의 방법,
아가리를 통과한 수 톤의 물이 수로를 따라 올라가다가
샴페인 터트리듯
좁은 등 구멍 위로 쭉 솟구칠 때
그들은 건배를 하고
기쁨의 노래를 부른다
　＞

나도 부르고 싶다
수 톤 수만 수억 톤이 베란다 밖으로 떨어져
차곡차곡 쌓인 술이 11층까지 올라왔을 때
나는 고래를 찾아가겠노라

묵호나 속초
또는, 지금 상태인 망상을 거쳐
태평양으로 가겠다
가급적이면 배영으로,
배꼽을 중심으로 술상 하나 떡하니 얹어놓고
최선을 다해 헤엄치리

한밤에 고래가 생각나서
고래고래 목청껏 소리 지르는데
앞장세운 경비 아저씨와 함께
사나운 상어 몇 마리
초인종 물어뜯는 시간에

절필

그때 글을 써서 좋았다
지금 글을 쓰지 않아 좋다

전신(全身)에 햇빛을 뒤집어쓰고
천천히 걸어가고 있는
빈 들이 좋다

가벼운 숨소리와
여윈 기척으로도 관목 속 작은
벌레들을 미쳐 날뛰게 할 수 있다니!

옷깃을 여몄으나 몇몇 벌레는 나를 통과해
다른 숲으로 숨어든다
다시 글을 써야 할까

저 벌레들처럼 날뛰다가
책상 밑으로 숨었을 때
비로소 청춘을 잊은 안도에 젖었었다

그때 살아있으니 좋았다
지금 죽지 못해서 좋다

초대

지붕 위에 엎드려 달
달 떨고 있는 달빛

이불을 깔고 옷을 싹
벗고 창문을 열었네

옛 언덕에 올라

무거운 구름들이 낙하하지 않은 채
가벼이 흘러갔지

이것은 묘기에 가깝다

방탕한 청춘을 더는 더럽히지 말자고
다짐하며 살아왔던 것

이것은 실로 기적이다

첫사랑 후에
여러 사랑이 뒤를 따랐으나 모두 흩어졌고
담벼락에 가까스로 기대섰던
늙은 석류는 베어졌겠지

구름과
청춘은 달과 같이
부러 권하지 않아도 떠있어
더는 이 언덕에 내려오지 않는다

이별은 두 개의 별

그간 아버지가 하늘로 총총하셨으니

그의 별 옆에

눈물 반짝여 별 하나 올려야겠다

침통한 겨드랑이 한 쌍

겨드랑이가
더 이상은 겨드랑이가 달아오르지 않는다

생각건대 거기에 털이 없기 때문

아, 청춘은 드문드문 갔다
한때는 나의 성격처럼 한
털털했는데

누군가에게 들킨다면 금세 소문이 퍼져 수군
수군대겠지 깔보겠지
특히 나의 정적(情敵)들!

다시 오는 인생처럼
다시 돋는 털은 없을까

검은 숲 가운데 길을 잃어도 용서하리
내 속에 도사리고 있는 심각한 어둠들이여 우후
죽순처럼 시원히 피어나라

시원(始原)인 듯 타올라라

겨드랑이가
겨드랑이의 내면에서 불 밝힐 때까지

장마

물고기들 흘린 눈물이
범람하는 천변에 서서

어느 때에는

공기는 도처에 쌔고 쌨다
공기는 가소로워서
마시고 뱉어주는 자체로 영광일 것
말하자면 공기는 누구에게도 자랑할 필요가 없는
움직일 뿐인 심장 박동에 불과하다

다만 시가 돌연 끝난다는 사실을
언젠가 깨닫는 날,

공기에 대해서도 문득 깨닫게 될 것이다.

두꺼비집

전기가 나갔다
망할 두꺼비도 함께 나갔을까
만지면 찌릿찌릿한 여자
사랑은 전선을 타고 번진다

지금은 하나의 전선, 그러
므로 공격과 방어가 용이하다
청춘의 여느 멀티 탭에는
여러 코드를 꽂아놓고 냄새를 흘렸었다
먼저 누르는 스위치로부터
순간순간 신음이 터지곤 했다

돼지코 구멍 속 플러스와 마이너스
죄 꽂다 보니 부하가 치밀었다
그녀들은 부아가 치밀었겠고
나는 몹시 피곤했지만 즐거웠다

두꺼비가 여러 번 나갔을 때
엄마는 더 이상 개구리 잡지 말고
전선 정리하라고 이르셨다
두꺼비가 독을 품으면 오뉴월에도

감전된다 경고하셨다 그 후로도

전기 대신 정신이 여러 번 나갔던 것 같다

아침 강

강 앞에 꿇어앉아 후
후 담배 피는 산

내쉬는 연기를 모르고 촙
촙 주둥이 내밀다 마는 피라미들

저 건너에는 밤새 달려와 둥
둥 바짓단 올리는 황톳길

내일도 살아있으니

오늘처럼 내일도
내 일이 시작될 것이다.

별 문제없이 눈이 떠진다면(제발
그래준다면) 가슴 속 심장의 수축과
팽창 또한 여전할 테니
나는 고맙게도 살아있게 되는 것이다.

아침 창문을 열어젖히며
탁월한 날씨에 대해 연신 찬사를 보내는
아내 역시 미망인이 아닐 것이므로
그 또한 다행인 것.

오늘이 다 가기 전에
나는 오늘을 서둘러 표현해야 하리.
좀 전에 만난 친구의 웃음과
술 권하는 그의 친절에 관해서도.

좋은 아침을 위하여

속에 술이 차오르며
그만큼의 그림자가 밖으로 던져진다.
그림자는 무릎과 정강이에 묻힌 먼지를 툭
툭 털며 일어선다. 무언가
사람이 알아듣지 못하는 말로 불평하는 것 같은데

방금 결정한 듯 찰싹 들러붙는다.
한 잔의 들이킴과 내동댕이.
그리고 가차 없는 푸념과 용서?
나는 용서를 집착이라 표현하겠다.
그림자의 집착은 타고난 그의 성정 탓이리.

새벽 네 시 지나
머리 꼭대기까지 술이 차오르자
더는 던져질 게 없는 그림자들이 고꾸라진다.
함부로 구겨서 밀어놓은 원고처럼
자빠져 누운 자태가, 골로 간 듯하다.

그런 상태에서 조용히 방문이 열리고
잠깐의 열람 후에 천둥 치며 꽝 문이 닫히고
가증스런 발고와

찢어지는 목소리에 놀라 벌
떡 일어나 앉았는데

납덩이에 깔린 듯 방바닥에 눌어붙어
여태도 혼곤 중인 그림자 무리.
그래, 이래야 진정한 아침이지.
중얼거리며 거실로 썩 나섰더니
귀신 본 듯 소스라치는 모골(毛骨)들.

점

점이 점점 커졌어.
점이
점점 작아져도 괜찮을 텐데.
점에게 정성을 다하자
점차 그것이 커지며
점진적으로 달아오르네.
점이 느끼는 바는 전적으로
점의 일.
점의 행위는 격렬해지고
점이 으악으악 소리 내며 팽창하더니
점은 드디어 터져버렸지.
점의 상태가 이상해졌다!
점은 맛이 간 가로등처럼 깜빡대며
점멸하고 있었어.
점이 무리지어 모여있는 이곳은
점들의 휴게실이며
점령당한 면적이야.
점이 침대 위에서 느슨해진다.
점이
점점 작아질 때 불현듯
점은 다음을 준비하네.

봄밤

조짐이 형성되면 틀림
없이 기후가 좋았다

냄새가 없는 들판에서
털이 번지기 시작하는 야생 살구와
시작이 그럴싸한 벌들의 건축,

밤이 되자 더욱 냄새가 없는 별이 떴다, 갑자기
사랑하는 사람보다
사랑했던 사람이 생각났고 나는
편히 누워서 반성했다

성채를 짓던 낮에 본 벌들이
모두 날아올라 별이 되었을까
별이 날아다니는 기술을 터득하는 건 쉽지 않다
옛날에 별이 된 당신이

냄새가 없는 낮의 들판에 날아와
다디단 향기를 옮겼다니!
이제야 생각났다 당신에게
쏘인 자국이 자랑스러웠던 한때를

만월일고滿月一考

덮어쓴 이불 밖으로 막 나오는 이마처럼
구름 속에서 달이 삐죽였다

모색하는 얼굴이여,

서문(序文)이 길어서
일그러진 표정을 감출 수 있겠다

서스펜션이 죽이는 월면차(月面車)를 타고
발달한 유방을 꼭 한 번은 만지고 싶어

이맘에 성실히 나타나는 당신
돌아서기 전에 빨아야지

미학적으로 저런 얼굴은 심심해

낯빛을 바꾸었더니
낯빛이 되었다

각주(脚註)처럼 짱알거리는
달이 오르기도 전에 벌거숭이가 돼버린 아내를 두드려 깨워

둥글고 환한

본문(本文)을 함께 올려다보았다

비누

매만지던 비누가 정액처럼
손바닥에서 주룩 미끄러졌어요.

뒤집어지며 타일 바닥을 누비는 비누.

어제만큼
오늘도 닳았어요.

당신 목덜미와 배꼽 그리고
장황한 털,
무엇보다 귀두를 앞세운 단아한 그곳까지

감정 없이 닳아가요.

크기에 개의치 않고 닳는데 몰두하다 보면
거품뿐인 일생이 다 가고 말아.

밧뜨 그러나 오해하지 마세요.
당신은 당신의 몸을 닦느라 나를 건드리지만
당신으로 인해 더러워진 나를 위해
부드러운 나의 윤곽을

기꺼이 당신에게 쥐어준다는 사실을.

내가 다 닳기 전에
마지막으로 부탁 한 가지,

나를 소분해서
그중 한 조각에 이스트를 넣고
수납장 어둔 틈새에 숨겨주실 것!

오래 부풀도록.

저녁노을

뿌리가 빨아올린 검붉은 피 한 드럼
잎들이 머리채 적셔 뿌려댄다

어이쿠, 옷에 묻을라
기겁해서 돌아서는데

닻 내린 그림자 한 척
그 자리에 정박해있네

불면

모든 밤,
나는 집을 뒤집어쓰고 잠을 잔다
지붕을 외면한 채
엎드려 잔다

자세에 중점을 둔다면;
초연(初演)에 실패했다는 걸 인정해야만 한다
실눈을 뜨고 연기하다 보면
잠결이 시야를 벗어나 쏠려 내려간다

유리를 털어낸 창틀이 바닥으로 내려오고
하늘이 좁은 별 하나가
따라 내려와 눕는다
잠들기 전에 이런 일이 많다

엎드려서,
살다 보면 깨야 할 때가 있다
그러나 나는 잠들기 위해 정진해왔으며
오늘밤 지붕에 쌓인 게 폭설인지
흐느끼는 별이었는지 모두 잊었다

기다리는 마음

기다린다
태어나며 작별했던 내 영혼을

기다렸다 이튿날부터 오늘까지
돌아오리라 반드시
오고야말리라 확신 위에
확신을 덮으며 살아왔다

영혼도 없이,

빨고할퀴고안고던지고 살뜰히
살을 뜨며 사랑했다
그 무렵 사랑하던 여자가 떠나고
새로운 여자가 오고
갔다

내게서 떠난 여자들이 회합이라도 가졌는지 무슨
결의라도 했는지 아무튼
아무도 돌아오지 않았다

그중에 내 책을 빌려간 여자가

한 명 있었는데

정말로 이름이 기억나지 않았다

봄

올해는 초장부터 슬픈 일이 있었지

봄이 왔다가는 그대로 가버린 것

넝쿨담장 그늘에 젖어 울다가

내 것도 아닌 계절 잡으면 안 될 것 같아

그늘에서 첨벙대다 양지로 막 나가는

바짓단 걷어 올린 아지랑이 잡지 않았네

베개가 있는 자리

이름난 별은 다 자리가 있다

아니다, 무명인 별도
붙박인 자리가 있다

나는 이름도 있는데 왜
자리가 없을까?

측은해하던 아내가
어느 해 여름 대자리를 깔아주었지만
잠시 신명났을 뿐

밤하늘에서 연신 내쳐지는
별똥별 같은 신세에 꺽꺽 목울대 적시다가
세운 아침에 일어나 앉아
얼룩진 베갯잇을 뜯는다

베갯잇은, 이름 없는 무명이 좋다

근황

요즘은 몸이 비좁아져서 거의
미칠 지경이다 이 빽빽한
공기 가운데 서있자니

어디에 있는지 아는 통통하고
붉은 우체통이 생각났다

편지 대신 잘못 들어간
낙엽 몇 장만 누워있을 듯한 어둠 가운데
그때 넣어두고 꺼내지 못한
마음도 들어있을까

그 우체통이 가까워질수록
공기가 헐렁해졌다

세 배 살이

하루살이는 대개
하루보다는 많이 산다

이틀이나 사흘은 산다는데
그렇다면 하루살이는
이틀이나 사흘살이로 고쳐야 하지 않을까

백 년만 사는 나로서는
하루살이처럼 두세 배 살아서
이백 년 삼백 년 살고 싶다

하루살이의 진실을 알지 못하고
몇 해 전에 돌아가신
아버지가 생각났다

여기에 서서 저무는 숲을 생각함

저격수인 양 꼼짝 않는
딱총나무를 저만치 돌아서 가는 낯선 새들이

뜨거운 태양과
시원한 대지가 섞이며 미지근해지는
지평선으로 숨어들고 있다

뿔뿔이 흩어지는 병사들을 쫓아
조명탄처럼 별은 터질 테지
딱딱하고 두꺼운 구름을 찢고
놈들을 추격할 거야

맨홀을 피해 땅속으로
수도관이 번지는 거리에 서서
혼탁한 뿌리가 어지러이 퍼져나가는
숲으로 귀를 던질 때
초미의 관심에 흔들리는 덤불과
행군하다 일제히 멈추는 벌레들

떨군 빛을 끌어올리고 가물
가물 멀어지는 별무리
　>

가까스로 새벽이 되었으니
쓰러진 딱총나무 옆에서 기지개를 켜며 일어나
나는 신병처럼 두리번대기 시작했다

뜸해진 것

뜸해진 것은 방사(房事)만이 아니다

원고 청탁이라든가
이유 있는 그리움 같은 거

떨어지고 몇 남지 않은 가지 위
11월의 잎이 그렇고

아버지 가시고 어머니
말수가 그렇다

뜸해진 것은 나에게 맹렬히 대시하던
여자들만이 아니다

무서웠으나 밤낮으로 찾아와 귀엣말하던
시마(詩魔) 역시 그러하다

그만 자자

유리와 창틀의 미세한 틈으로
장미(薔薇)즙이 배어 나온다; 이런 표현은
말하자면 황혼녘이다

급히 이부자리를 바닥에 펴고
비스듬히 침대에 누운 가시를 불러야 하리
거부와 적막,
찔리거나 찢기거나; 상상해보라
장미는 제 가시에 찔리지 않는다

침묵 끝에 벌떡
일어나 꽃집에 간다 동네
꽃집에서 해바라기 두 송이를 샀다
모색과 반항,
보기에 눈부시구나! 당신은
밤새 뜬눈으로 감상해야 하리

조용히 이부자리를 접어놓고
수도사 하나 면벽하고 있다
침대 위에는 경솔을 피력 중인 가시 하나,
그러나 억겁은 지난 저녁

가부좌를 풀며

베란다

계단보다 먼저
승강기보다 빠르게
베란다가 올라와있다 가까
스로 11층의 최전방에 매달려있다
딱딱한 내 목덜미를 자세히 살피더니
베란다는 베개도 없이
베란다
나는 눕지 않겠다
생각 끝에 여기서 벗어나기로 했다
베란다에서 탈출하면 허공,
언젠가 베란다에서 뛰어내리는 레이스 달린 흰 손수건을 목격
했지
안녕 외치며 낱장의 몸을 날렸지
아래서 누가 운구해 갔는지
흔적조차 없었네
나에게는 구급차가 와줄까
발바닥이 간질거린다
나는 간절한가
아직 두 번째 시집을 내지 않아
참기로 결정했을 때
아이가 놓쳤을 빨강 풍선이 둥둥 올라온다

신기해라, 올라오는 것도 있구나
너도 올라오너라
나는 베란다를 위해 이불을 깔았다

이별

두 번째 별이 저음(低音)
으로 떨어지는 것을 보고
나는 전반적으로 별을
신뢰하지 않기로 했다
별다른 일이 없었으므로
벌판을 죄 뒤져 두 개의
별을 찾아 돌아왔다
항아리에 별을 넣고
다독다독 소금에 재웠다
많은 무엇을 읽을 것인가
먼 훗날이 된 오늘 저녁에
곰삭은 빛이 생각났다

가을 무정

여름을 처단하고 두서
없이 뛰어내리는 나뭇잎을 보라

인간의 나라에서 목소리는 헛된 것
무음(無音)으로써

오직 몸짓만으로 지그재그 요가 중인

날고기를 막 씹어 먹고 슥
내민 혓바닥을 보아라

혓바닥 위에 기어 다니던 전갈이
어느새 사라져 소식 없는 저녁에

무정한 세월이 바람에 불려 와서는
긴 말없이 사각거렸다

불모지에서 별을 보며 울다

잊지 못하는 것은 잊을 수 없다
잊는 법을 모르는 것이다 그것을
포기하는 것이다
마지막이 처음에서 시작되듯
마지막 순간에 처음이 돌아왔다

시간은 가로 건너는 풍경,
심장을 누르는 가벼운 공기들
중력이 없으니 수심(愁心)도 없으리

옆으로 깊어지는 숲으로
황혼이 안개처럼 깔릴 때
처음으로 마지막이 시작되었네
이런 벌판에 별은 곤란하므로
별이 박이기 전에 분위기를 사수(死守)해야 해

오늘은 어둠이 있었고
별이 떴다

순간적으로 누군가의 눈물이 흘렀지만
별에게 쏘아 올릴

총신(銃身) 한 그루 없는 불모지에서
나는 그만 중력을 떨어뜨리고 말았다

0

0을 누가 발명했을까
0을 고안하거나
0을 간파한 현자는 과연 누구인가
영 모르겠다
모든 숫자에 앞서며
모든 숫자를 따르는
0
바람 빵빵한 공이었다가
빈 空으로 돌아가는
0
오현 스님이 이것을 욕심내다
영 가셨다
무엇보다 나는 스님의 불알이 아깝다
두 개의 0을 함유한
그 무거운 것이나 좀 떼놓고 가시지
마지막에 욕심이 과했다
慾心.
이단옆차기를 날려 그것을 격파하고 싶다
욕정 역시 그러하다
그러쥔 손바닥을 가만히 풀고
나는 하던 것을 멈추었다

비

하늘이
자기의 머리카락을 뽑아서

던지고 있다

꽂힌 꽃

꽃병에 꽃을 꽂고
꽂은 꽃을 보며
나는 긍지를 가진다

꽃병에 꽂힌 꽃이
며칠 만에 몰락하는지
지켜보는 내내
꽃에 꽂힌다

꽃에 꽂혀있는 동안은
내가 꽃에 꽂혀있다는 사실조차
모르고 지냈다

꽂힌 꽃의 입술을 핥고
꽃의 발을 씻겨주고
꽃에게 물을 건네고
꽃이 부담스러워할 만치 꽃과 눈동자를 맞추면서
모종의 암시를 주었다

꼿꼿하던 꽃이
마침내 고개를 숙였을 때

나는 숙연해졌다
꽃이 꽃병에 꽂힐 때부터
이런 종말을 예상 못 한 바 아니지만
닥치고 나니 몹시 슬펐다

꽃병에 꽂힌 꽃을 들어올려
입술에 묻은 더러운 침을 닦고
퉁퉁 부은 검게 변한 발을
가만히 만져주었다

폭포

다 떨어진 것인가
그리 쉬운 노릇이 아닌데, 다시
떨어진다

낭
떠러지에 매달려 쉬다가는
또, 떨어진다

떨어지는 게 싫은 세상에서 보면
참 신기하다

잠시 한눈팔다 절벽을 보면
떨어진다

떠
러
진
다

6부

서정에 꼴려서

북평

갱년기에 접어들며
그들에 관해 언급하고 싶었다

돌아보면 여전히 그곳에서
우글거리는 기억들,

집채만 한 고래를 파지(把持)한 채
고동을 울리며 들어오는
집채만 한 배 한 척

우리는 양동이를 들고 집결하지만
고래고래 소리치며
선주는 사람부터 해체했다

퍼낸 웅덩이에 금세 물이 고이듯
우리는 다시 모이고
검은 등껍데기 한 점
창자 한 줄 더 얻으려 악다구니다
고래여, 고래여
개미 떼처럼 흩어지는 포유의 분열이여!
>

고래가 돌아가고 나서

오십 년 만에

우리는 송정국민학교로 돌아왔다

인생

느리고 기인 일생(一生)

죽기 직전에야 안다 인생은
짧다는 것을.

미래에서 생각하면
몇 가지 추억,
바람의 낱낱에 실린
가벼운 냄새들.

지금 생각하니 적(敵)이 있었고
적이 없었다.

적이 없었다는 고백은
그런 적(的)이 없다는 의견일 듯.

기일고 느린
일생,

언젠가는 나의 무덤이 될 게 뻔한
명백한 인생.

우리들

우리들
이라고 말하지 마십시오

우리들 안에 내가 있고
당신이 있고

무엇보다 우리가 있으니

우리들
이라고 뭉뚱그리지 마십시오

우리들 안에
당신을 가두고
우리들 안에
내가 갇힌다면

누군들 우리가 되겠습니까

누가 우리 안에 갇히겠습니까

우리들은
우리 밖에 많습니다

들어간다

작은 것 속으로 큰 것이 들어간다
이것은 원소(元素)의 문제일까
비좁은 애인을 대하는
나의 노력일까

잉잉거리던 벌들이 들어간다
행성으로 진입하는 우주선처럼
각자의 육각 룸으로 골인한다
나는 렌즈를 당겨 주므
인 한다

꿀 같은 세월,
가까스로 시간이 흘러
나는 내가 되었다
너는 무엇이 되었나

과거에서 돌아왔더니
오늘이 되었다
누구나 그럴 것이다
이런 평화, 이런
자유! 이런, 이런
　＞

평화고 자유고 나발이고 이런
이런들 어떠하며 저런 들은 푸르다
푸른 것 속으로 붉은 것이 들어간다
이것은

색깔의 문제인가 이데올로기인가
공산당의 자백인가
환장하는 고문인가 피부
안으로 들어가는 채찍인가 신음인가
무엇인가

더는 論하고 싶지 않아
처음으로 들어간다

권태기

성적 향상은
학생의 최대 목표,

그러나 나도 그러하다

아내는 집중력이 필요하다고 조언했다
집중하자

집중하자
암탉이 알에게 그러하듯
열렬히 품자
품다 보면 뿜을 수도 있겠지

성적 향상은
나의 최대 목표,

당신도 그러하냐

누군가 쩍 갈라지며 자빠질 때까지
온몸을 다할 수 있느냐
찍을 수 있느냐

일대일로 오래
오래 독대할 수 있느냐

누군가 지켜본다면
참말로 장관이리

유월의 공원 벤치에 앉아

테이크아웃 커피 잔 안으로
모르는 벌레가 기어들거나 바람이 떨어진들
이제는 괜찮겠다 싶어
충분히 식은 그것을 내려놓는다

둥근 종이 가두리 속 향기는 매캐하고
방금 닥쳐온 고독 또한 자욱하다
오늘은 결정할 무엇이 없으니
나무와 나무 사이에 앉은
벤치는 일어나지 않으리

덩달아 나도 오래 있는다
스크럼을 짜서 몰려오는 잔물결처럼
잎사귀들은 소리를 나누었다 모으면서
빛보다 잘게 부서지고 있다

나는 이제 목덜미가 가렵다
거기서 잡힌 개미를 바닥에 놓아주며
종이컵 안으로 들어가지 않도록
남은 향기를 한 번에 지워주었다

비

하늘에 역병이 번졌는지
맨발로 뛰어내리네

부서진 발이 흐물흐물해
낮게 엎드리네

비나이다
비나이다

비 좀 그치게 해달라고
비비는 두 손바닥
사이에서 비벼지는 비

비는 과하게 쌓이고
쌓였다간 주룩 허물어지네

비가 무슨 말을 하는지
자세히 들으려고 귀를 싹 비웠는데
비는 의미도 없이 비

비 비비 비 비 비비 비
이런 말만 귓구멍에 쑤셔 넣고 자빠지네

달과 나

달과 함께 걸었네
아침이 되어 저 너머로 떼밀었고
혼자된 벌판에 서서
몹시 서운하여 꽝꽝 울었네
달이 뚝 떨어져서
대가리가 깨져도 좋으니
당장 돌아왔으면 했네
허공을 살피는 달의
계략은 무엇인가
약속하건대 오늘밤에는
눈썹에 막 걸려든
기러기 한 줄을 풀어놓겠네
마땅히 취해주겠지
눈 한 번 깜빡이는 동안에

우는 밤

하늘보다 많이
천둥이 울고 있다

맨바닥에 누워 천정을 보며
용쓰며 눈물을 절제한다

곧 비애는 내리겠지
창문을 두드리겠지

살아오며 더러 있던 일이므로
나는 크게 놀라지 않겠다

어설피 기웃대는 번개 또한
미간(眉間) 좁혀 가두리

과천 간다

말맛을 보러
과천(果川)을 가야 할까

말맛을 보러
의사당에 가야 할까

오늘은 지갑이 든 바지를 입었으니
말맛 보러 간다

염소 구경

내 관심법에 걸린 염소가

뿔을 저으며 나무를 돌고 있다

저렇게 돌다가는 스스로 돌아버릴 게 뻔하다

줄이 밑동을 친친 감는다

나무가 걷지 못한다

불경하지만 수염을 잡아 逆으로 돌리고 싶다

내 생각을 눈치챘는지

우뚝 멈춰선 염소가 나를 노려본다

새

나무 위에서 우는
새 한 마리

샅샅이 살폈는데 찾을 수 없으니
실은 나무가 우는 것이다

나무에 귀를 대고 들으니
울음을 뚝 그친다

한참 만에 숲에서 걸어 나오는데

거대한 뿌리를 뽑아 올리며
새 한 마리 날아간다

자살을 미루는 이유

내가 오늘밤 죽기를
원했을 때
오늘밤에 죽기를 원하는 그 누구보다 더
죽기를 원했을 때
그녀가 왔죠
외면했는데 그녀가 왔죠
나를 사랑해주오

나는 그녀를 사랑하지 않았지만

사랑을 춤과 함께
분명하게 가르쳐주었네

내가 오늘밤 죽기를
간절히 원했는데

그녀가 왔네
고뇌처럼 그녀가 왔다네
정갈하고
눈매가 깊은
그녀가 왔네

오늘밤은 내가 살아있네

태양은 최악이다

태양이
망할 태양이 부욱 내 머리카락에 성냥을 그어댈 때
나는 부아가 치밀어 올라
공중에다 삿대질을 한다

나이도 있고 해서
이제는 처녀와 연애를 못 한다
옛날에는 여럿을 전전했었지 그 시절
참 좋았다 전성기였어
처녀들은 반드시 전전긍긍했을 거야
나는 그녀들의 태양

처녀의 머리카락에 불이 났겠고
그녀들은 빠짐없이 나에게 삿대질을 했지
망할 놈의 새끼!
무언가 치밀어 오른다면 과거의 나

작은 오해가 있었다면 이해 바랄게
용서를 구할게
하늘과 구름과 바람과 심지어는
태양에게도 털썩

무릎 꿇을게

과감히 무릎 꿇은 내가
자랑스럽다

태양이,
누구에게나 비추는 태양이지만
지금 나를 비추고 있는

태양이 부욱 찢은 꽃의 배후*를
내 머리 위로 던지기 전까지는

* 첫 시집.

붉은 사과 사러 간다

푸른 사과를 먹는 중에
붉은 사과가 생각났다
입 안에 칼라가 고이고
당장 일어나 과수원으로 간다
아니지
마트가 빠르겠다
고작 한 알의 붉은 사과를 위해
나는 자전거 타고 마트 간다 레이스
열렬히 레이스
페달이 내 다리를 돌린다
장딴지를 돌린다
장딴지가 함유한 핏줄을 돌린다
일개 페달이
부하나 다름없는 페달이
나를 돌린다
돌겠다
붉은 사과를 사러 가는데
내 얼굴이 더 붉다
열 받는다 붉은
사과에게
어떻게 사과 받을까

그런 궁리를 하며 삭삭 페달을 밟는데
"방해해선 안 되는 줄 알지만"
자전거도로로 뛰어 들어와 박히며
돌부리가 나에게 말했다

낯익은 죽은 남자

낯익은 죽은 남자
죽은 남자를 생각하면 잠이 오질 않았다
용감하지 않은데 씩씩하게
씩씩대는 남자
무엇이나 거덜 내는 남자
걷는 발길에 걷어차이는 빈 술병들
그런 때 남자를 제어하는 자는 대부분
골로 갔다

죽은 남자는 아무래도
낯이 익다

죽기 위해 태어난 남자를 안다
스스로 가슴을 후벼 파는 남자
거시기가 두 쪽이나 있으므로 절대
여자는 아닌 남자
여자 여럿 울린 남자, 꾸준히
말썽피우는 남자

죽은 남자는 이제
잠이 두렵다
  >

침묵하는 퐁듀 속에 퐁 빠트렸다 건진
잠꼬대 혹은 허우적,

새벽 세 시 몇 분에
낯익은 죽은 남자가 일어났다
낯익은 죽은 남자가
거울 앞에서 면도를 하고
거울에게 경례를 한다
죽은 남자가 그런 행동을 하는 게 신기해서
나는 나에게

악수를 부탁했다

소비자

누구든
무엇이든 소비된다

맥주는 거의 매일
나에게 소비되고
과거는 추억에 소비된다
첫사랑은
첫사랑을 기억하는 둘 중에 더 멍청한
하나에게 소비된다

삶과 죽음 중에 특별한 어느 것이
어디에 소비되는 줄은 모른다

어느 때에는,

그것을 알 수 있겠지
오로지 사는 것에 매달려 살아온 나는
불가능을 소비한다

몇 년 전부터 전격적으로 자살을 생각하였는데
그것은 허세에 소비되었다

나는 소비자다
폼 나는 죽음을 사려는 아름다운
소비자다

폭포 위에 서서 망설이는
물방울처럼

발목양말을 벗고
베란다에 서서 구십 도로 얍삽하게 허리를 굽힌
나를 들킨 적 있다
고함은 등짝을 소비하고
비명은 끄어
끄어 울음을 소비한다

무엇에나
누구든 소비된다
그런 의미에서
맥주 마시러 간다 술집은 능동적으로

나를 소비하려든다

집에 있는 날

시도 모르면서
종일 빈둥거리는 개와
고양이 앞에
교정지를 던져주고

고쳐보라고 했다

개와
고양이는
무엇을 고쳐야 하는지 몰라
눈을 껌뻑이거나
외면했다

글쎄, 교정지니까 고쳐보라고!

종일 빈둥거리는 개와 고양이도 문제지만
교정지 하나 놈들 면전에 던져놓고 닦달하거나
그들보다 빈둥대는 내가 더 문제였다
교정지를 보기 전에
나부터 교정할 것!
>

반성하며 이마를 탁 쳤는데

개와

고양이가 무얼 안다는 듯 슬금

슬금 자리를 피해주었다

떠드는 새들

아침에 일어나
창문을 열어젖혔는데 새들이
미친 듯이 날뛰며
울었다
웃었는지 모른다

최악의 새들
기름이 달랑거리던 비행기가 애쓰다 오지에 떨어지듯
나는 저놈들이 피릭피리릭 날개를 접고
저 아래 광장 바닥으로 슝
곤두박질쳤으면
하고 생각했다

문득 대가리가 깨지고
모이주머니에 담긴 모이가 흩어져
놈들이 더는 모이는 일이 없으면 좋겠다
생각했다

그래도 다시 날아올라 11층
이 결 고운 아침을 소란케 한다면
나는 창문을 열고 뛰어내리며

기필코 대여섯 놈은 낚아채 흠씬
두들겨 패줄 것이다 이것은
농담이 아니다

새는 왜 새답지 않을까
하긴 나도 사람답지 않지만
적어도 새는
새다워야 하는 것 아닌가
과거에 나는 빈번히 새 된 적 있지만
놈들처럼 시끄럽지 않았다

식구가 모두 잠든 밤에
검은 베란다 말단에 서서
내일 아침의 소란을 보지 않았으면
좋겠다, 라고
용기 내어 생각한다

비

한참을 심사숙고하더니
비가 떨어진다

도로 위에 누워 불안스레
눈동자를 번들거리다가
자동차에 밟히자 치악치악 비명 지르는
비

지구상 모든 종(種)을 통틀어
가장 진화가 덜된 족속들

신중한 것들은
하수구로 잠입하였다
뭔가 잘못됐다고 중얼거리며
현실을 믿지 못하겠다는 표정으로!

믿어
단테와 함께 지옥을 견디고
나면 강이 등장할 거야
운 좋으면 바다를 구경하겠지
수평선과

구름과 갈매기에게 너는
중요한 배경이 되겠지

전문가가 아니더라도
너의 운명쯤 예측할 수 있지만

오른편에서 나란히 걷고 있는 여자에게
8할이 기울어진 우산을 생각하면
나의 왼 어깨로 뛰어내리는 더러운
기분을 짐작해

그래도 나는
남은 한 손을 여자 몰래 쟁반처럼 펼쳐
벗은 네 몸을 받는다

서정이여 흥하라

생생히 기억하는데
소백산 아래 영주동부국민학교 오 학년 겨울방학 때
나는 서정주 씨의 시를 읽고
나도 서정주의 시인이 돼야겠다, 마당으로 뛰쳐나가 폭설 맞으며
결심했었다

서정에 꼴려서
화사한 꽃뱀인 줄 모르고 혹
했었다

내 애비는 종이 아니었지만
내 애비는 종보다 못한
철도원이었다
나를 키운 건 팔 할이 기적(汽笛)이고
중앙선 비둘기호가 물어 온
구구단이 틀리는 즉시 입술이 터졌다

손톱이 붉은 에미의 자화상이 바로
나였으니
휴천동(休川洞) 집 뜰에는 망할 봉숭아가 피고
지고 피고
>

지고 지고 지고
육군 오장(伍長) 마쓰이 오데이가
지고
아득히 파도 소리에 지고

나는 누군가에게 져버린 국화꽃 한 송이를
놓는다
어려서 죽은 내 누이에게도 주지 못한
꽃을 바쳤다

숭고이 죽은 시인을 위해
함부로 살아남은 시인이
모든 서정에 바친다

서정이여
시인이여, 어쩌다 한 번은
흥하라!

밤은 불안해서

낮에 관해서는
나는 거의 감동이 없고
방관하는데,
다만 나는 나의 밤을 괴롭힌다

창문을 열면
문틀에 앉아있는 달빛과
가파르게 넘나드는 바람에게 무언가 연신 묻고
대답을 듣기도 전에 끄떡인다

건넌방에는 아내가 이불을 걷어찬 채 가릉
가릉거리며 잠들어있다
반면에 나의 애인들은 전부 잠 못 들고
내가 유부남인 사실에 몹시 불안할 테지

불안해하다 화가 날 거야
그녀들이 모여서 회의를 하고
스크럼을 짜서
나를 손봐주러 맹렬히 돌진한다; 이것은
어젯밤 내가 꾼 꿈
>

오늘은 밤을 대하는 태도가 신중하니
그런 흉몽은 없어야 한다
다시 그런 꿈을 꾼다면
11층에서 완강기를 타고
바닥으로 내려갈 것이다, 이것은 절대로
농담이 아니다

달이 있는 방

기껏 창문이나 감시하는 줄 알았는데
달은

창턱에 턱 걸터앉아
밤새 나를 쏘아보고 있다
게다가 벗고 자는 내 근사한 몸을 보며 갤
갤 침을 흘린다
저
방바닥에 흥건한 주황색 침 좀 봐라!

달의 가장 큰 단점은
장소 불문하고 흘린다는 것이다

멋진 여자를 앞질러가며 슬쩍
손수건을 흘리듯
달은 작정하고 덤비는 것이다
밤새 달은
보급판 성애소설을 읽어주며 끈
질기게 엉길 것이다

나는 새벽이 오기 전에 이

방을 떠나기로 결심했다
이십여 년 전 예식장에서 정절을 지키기로 서약했으니
최악의 상황은 피해야 했다
한구석에 책상이 있는 애틋한
이 방과 이별해야 한다

벌벌거리며
기다시피 책상이 없는
다른 방으로 들어가 누웠다
이 방은 커튼이 있어
달이 함부로 넘보지 못한다 안심이 되었다
겨우 눈을 붙이려는데

책상이 있는 방에 놓고 온
원고가 생각났다

없는 강

저렇게 조용한 강은
이름을 모른다

이름을 안다 하여도
집으로 돌아가며 애써 기억하지 않으리

강바닥에서 누가 종을 울리는지
물고기들은 모두 거기로 모여

코빼기 하나 보이지 않는다, 이번
낚시는 망했다 줄여서 낚망

낚망한 자의 붉은 어깨가 처절해
망태 대신 노을을 걸었다

알람

휴대폰 속
곤한
알람이 일어나기 십 분 전에
꼭
내가 먼저
깨서
알람이 걷어찬 이불을
다시 덮어주고
무슨 못된 꿈을 꾸었는지
허우적대는 그를 다독
다독 진정시키고
알람아알람아
귀에 대고 속살대서
대답이 없으면
안심이 되어
나는 다시
잔다

좆만이

갸륵한 나여
너는 참으로 불쌍도 하지
좀 전에 아는 하수(下手) 하나가 스쳐지나가며
"좆만이"라고 속삭였다

나는 그놈이 오리처럼 꽁무니를 흔들며 맥
도날드로 재빨리 들어가는 것을
놓치지 않았다
좆만이라니!

머리카락이 흠뻑 젖은 아내를 보고도 좀체
흥분하지 않는 내가
흥분되었다
넌 오늘 죽었어

쫓아 들어간 맥도날드 안에
놈은 없었다
뒷문으로 달아났을까?
맥이 빠졌다, 들어온 김에

빅맥과 콜라를 주문했다

콜라 땜에 콧날이 시큰했다 시시
콜콜 따져서 뭐하겠냐마는
놈과 다시 맞닥뜨린다면
좆만이에 대해서 물어볼 작정이다

그리고 나는 시인이라서
그런 나쁜 말을 하면 안 되므로
입 안 가득 잘근잘근 씹은 좆만이를
꿀꺽 삼키고 말았다
갸륵한 나여

나는 한 편입니다

뜨거운 국을 훌훌 먹고 나서 시원합니다
빙 공중을 선회하는 솔개
개가 숨니다
자연산을 추격하는 양식의 양식은 무엇입니다
애인은 느닷없는 방귀를 용서하리라
아이의 가슴에 붙은 멍 자국
자살한 이등병을 멍하니 바라
보고 있군요 엄마는
울음이 넘칩니다 눈물이 아까우니 꾹꾹 눌러 담습니다
하늘에 태극기를 그립니다 하늘에 하트를
그렸습니다   니다 에어숍니다 쇼쇼쇼
시는 쇼일까요
시가 뭉클합니다 심금을 울리고
새만금이 울었습니다
노래방을 의심합니다 삼십 분 서비스보다
무알콜 캔맥주가 신랄합니다 사길까요?
유작(遺作)은 지구에 남겨졌습니다 나는 어디 있습니까
서커스에서 코끼리가 스무 바퀴 돌고 나서 픽
쓰러지자 박수가 쏟아졌습니다
이런 벌칙은 죽어서 당하고 싶습니다
화분의 콧구멍에서 꽃이 핍니다

코털을 자르는 순간 주르르 냄새가 흘렀습니다

소나무는 작은 나무고 대나무는 큰 나무인가요 웃기죠

무한한 낭만

다만 나를 좀 음미해줄래요 잘 뒤져서요

이달의 작품인가요 나는

평(評) 달린 한 편의 하늘

지붕보다 적은

늙은 호박

젊었을 때는 냄새가 상당했을 것이다

이윽고 늙고 늙어서

냄새조차 지워놓은 똥 한 덩이

새

새가 허공을 통과하는 것은
공기가 무게를 풀어주는 일이다

날갯죽지 안에 숨겨놓은
부레를 터트려서
새 한 마리가 지상으로 가라앉을 때
벌레들은 지느러미를 재게 움직여
어항 바깥으로 헤엄쳐 간다

공중에서 드리운 느닷
없는 빗줄기에 낚이는 사물들,

밀짚모자를 푹 눌러쓰고
검은 구름 위에 걸터앉은 사공이 연신
연신 비린 미끼를 꿰고 있다

어쩌다 양철지붕에 추락해
대가리를 박고 죽은

비늘 없는 새를 본 적이 있다

거미

한나절을 관조하던
거미가 다가가자
멱따는 수퇘지처럼 꽤엑
꿱 매미가 울부짖었다

매미야,
매미야 너는
왜 그렇게 우니?

나는 매미가 그렇게 우는 게 우습고
이상해서 물었는데
매미는 우는 데 집중하느라
대답을 못 한다

사실 거미의 그물에 걸린 절대
다수의 동물은 끝장이라고 봐야 한다

내가 걸려도 그럴 것이다
다가오는 거미의 눈빛에 질린 나머지
돼지처럼 꽥 울고 말 것이다
>

이웃 거미의 그물에 실수로 걸린
거미도 매미처럼 울까?
거두절미하고,

거미는 정말이지 비호감이다
거미가 노래를 부른다 해도
그렇다

황혼

잃어버린 무엇을 찾았는지
종일 수풀을 뒤지던 새가
공중으로 날아올랐다

나는 궁금해서 그곳을 헤쳐 보았다
부리같이 작디
작은 웅덩이로 슬슬 고이는
노을

고로쇠나무

꾸지뽕나무 곁에
고로쇠나무를 심었다
이게 살 수 있을까
살아난다면 정말 강력한 나무가 될 것이다
고로쇠는 도끼로 찍어도
찍히지 않는다
도끼날만 상한다
나는 고로쇠 피를 즐겨 마시는데
드릴로 그의 옆구리를 뚫어
빨대를 꽂아보는 것이다
고로, 고로쇠 입장에서
나는 흡혈귀다
빨고 나서 입술에 묻은 피를 잘 닦아내야지
그러지 않으면 금방 녹이 슨다
어린 고로쇠 묘목을 밟아주며 만약에
이게 죽는다면 대장간에 베풀 테다
내년에는 두충나무와
무환자나무 곁에도 심어야겠다

만 이천 원

홀라당 벗긴 채
쇠꼬챙이를 통과한 닭들이 차곡
차곡 쌓여있다

한 마리에 육천 원
두 마리에 만 이천 원

맨 위의 닭에서 기름이 떨어져
아래에 있는 닭에게 떨어지고
그 아래에 있는 닭에게 떨어지고
그 아래에 있는 닭에게 또 떨어지고
맨 아래에 있는 닭은
모든 닭의 기름을 뒤집어쓴다

트럭에서 빌빌 돌아가는 닭들이
어지러울 새도 없이 돌아간다
약 이십 분,

손가락으로 지적해둔 닭이 익기를 기다려
얼른 두 마리를 계산했다

키스

네 개의 다리가 서있다
검고 무거운

밤하늘을 버티면서

피

깨끗한 피를 갖고 싶어서
죽어라 닦아도
하얘지지 않는 피
쓸모없는 피는 싹 다 뽑아내야 해
옛날에 조부께서 논에서 강조하셨다
나는 선대로부터 류형이 아니라
오형,
대중적이며 특별한 피지
어디로든 튈 수 있으며
몹시 발전적인 피지
피지 않았으니
질 일도 없는 내 인생
피가 없을 수 있는 삶이 있을까
나를 포함하여 우리들은 계속
이렇게 살아야만 한다
피를 함유하며
각자의 피를 피력하며
죽을 수 있을 때까지
살아가야 한다
피를 견디며 살아야 한다
마지막을 지연시키며

과정 중에 암약하는 피를
이제는 이해하겠다
다가오는 여자에게 그래야 하는 것처럼
피하지 말자

오늘

오늘이
오늘 아침에 다시 살아왔다

사시사철 오늘을 겪었으나
오늘만큼
오늘이 새로운 적 없었다

밤새 벼려놓은
달빛은
볕바른 아침 창문 한 방을 맞아
순식간에 슬었으니

나는 달빛보다 진한 조등을
대문 앞에 건다
대문 앞에는 늘 오늘이 서있었다
대문을 나서는데
오늘은 나를 알아보지 못하고
오늘 만에 돌아오는 나조차 알아채지 못한다

오늘도 나를 대신해 대문을 들락날락하는
오늘 좀 봐라

자정이면 죽어 나자빠질 것이
대놓고 설쳐대는 저 꼬락서니 좀 봐라
마침내 저를 위한 조등까지 제 발로 걷어찼다

사활을 걸고 하루를 사는 나를 보고
오늘이 '하루살이'라고 나를 부른다
왜 불러

나는 속엣말로 대답했다

친구를 축복함

한때는
내가 꽃 하나의 잎이었고
꽃 하나의 줄기였고 뿌리였음을
너는 알까 몰라

허공에 높이 올려놓으려 처절히 애쓰던
꽃대였는지
정녕 너는 알고 있을까

실은 동네 개들도 다
알고 있었어

아이들 없는 놀이터나 한적한 소공원의 벤치,
으슥한 골목 뒤편 숨기 맞춤인 곳에

우리가 하루만 보이지 않아도
걔들이 어디 갔을까? 하고
개들이 궁금해했어

서로에 도취되어 지나온 계절이
몇 개인지 꼽을 수조차 없어

나는 아직 목말라
사막 같은 동네 한가운데 질질
다리 끌며 횡단하는 나를
측은히 보고 있는 개들 좀 봐

개새끼

나는 돌을 집어 던지려다
참았어, 그러나 개새끼는 영원히
개새끼

잘 살아라 내 애인을 데려간
나의 친구여

불후의 흔적

발자국을 남기고 싶은 사람들이
발자국이 찍히지 않는 길을 걷습니다.

아스팔트 위에 흙을 좀 깔아주면 좋겠어요
누군가 굉장한 아이디어를 냈다.

발자국을 남기지 못한다면
살아온 날이 모두 무효가 되겠지요?

밟힌 보도블록이 고개를 갸우뚱하더니
찍, 침을 뱉는다.

이런 봉변쯤 아무것도 아니다, 시를
쓰며 절편 하나 남기지 못하는 나로서는.

생각 끝에 질긴 껌을 한 통 사서 잘각
잘각 씹어 구두 밑창에 붙이기 시작했다.

어느 때에는

또다시 죽기는
죽기보다 싫으니
나는 한 번 더 태어나는 건 사양할래

인생은 단발로 족하다
갱상도 남자인 나는 그기 성미에 맞지
구차히 연명하며
무얼 설명하거나 각주 따위 다는 현학을
아주 질색하지

그러나 살아있는 동안 사랑은 뜨거웠으며
친구와의 의리 또한
으리으리하였다
나와 여인의 요철이 접목되던
몹시 좋은 날은 새털 같았으니

만약에 다시 한 번 산다면
그런 인연 때문이리

기러기

기러기는 날아가는 게 아니다 저렇게 조용히
떠있는 것이다
철이든 새의 입장에서

무언가 일일이 열거하는 것이다

7부

음겼은 개구리처럼 튄는누나

보름

연못이 완성되자마자 속곳까지

훌렁 벗고 달이 뛰어들었다

끼얹는 소리가 나면 누군가 엿볼까 염려하는지

정숙히 풍만(豊滿)을 담그고 있다

뒷물을 하려고 잠깐 상체를 일으켰을 때

달의 흑점을 보고야 말았던가

나를 눈치챈 달이 맨몸으로 달아나다가

심어둔 탱자나무 가시에 걸려들었다

대보름

두 손 모 으 고
우리가 올리는 소원을 받아 넣느라
그의 주머니는 점점 무거워졌습니다
아무리 건장한 달이라도
더는 견디지 못할 테지요

깨지지 않을 곳을 찾아
마음 겹겹 은빛 주단을 물렁한 물 위에 깔아놓고
연못가에 서있습니다

가을은 가겠지

계절이 가는데
가을은 오고

연초(年初)의 전략은 여태 구상 단계다
우연히 만난 사모하는 여자의 맨몸에
내 몸을 덧대리란 결심은 계류 중이고

아침 창가에는 어제와 같이
날개배낭을 맨 천사가 와서 무엇을 줄 것처럼
제스처를 취하다 그냥 가버렸다
천사는 걸어가지 않고 반드시
풍선 모양 날아간다, 기대 또한 그러하다

누군가는 벌어진 성게처럼 웃는
나의 기쁨을 파먹겠지 노란 미소를
긁어먹겠지 파안대소하겠지 파밭에는
크고 작은 웃음이 공존한다는 뜻이겠지 지지
짓자로 끝나는 말은 가을에 어울린다

되도 않는 시를 짓고 텃밭에다
초록을 짓고 거기 기생하는 벌레를 짓이기고

저녁 답에는 연속극을 보며 눈물을 짓고
그러나 가을은 가겠지

가을은 나를 초월한다
수십 해 사는 틈틈이
계절이 몸에 밴 나로서는
올해 역시 나를 훌쩍 넘어 가리라는 것을
안다 알지만 내가 할 수 있는 일은
없다 우연히 만난 사모하는 여자가 내게
달려와 나의 가슴팍을 팡
팡 치며 울부짖다 주르륵 나의
발치께 주저앉는다면 몰라도!

그러나 가을은 가겠지 유감스럽게도
계절은 돌아오지 않겠지 지지
짓자로는 쉬 끝낼 수 없는 이 처절한 계절이
오고가고야 말겠지

복숭아뼈

축구를 하다가
복숭아뼈를 다쳤다

고 물렁한 과육 속에 뼈가 있듯이

말에도 뼈가 있어
자주 꺾이고 골절상을 입는다
그때마다 마음을 풀어 붕대 감지만
쉬 낫지 않고 덧나는 것이다

머리를 긁적이는 라이트 백의 눈을 응시하다가
무언가 말할까 하다가
최종적으로 나는
놈의 태클을 용서하기로 했다

구름의 일

태고 이래 바다에서는 단 한 마리도 발견된 바 없는
자연사한 흰 향유고래들 행방이 최초로 밝혀졌다
자신들이 목숨보다 귀히 여기는 용연향(龍涎香)을
인간의 손이 닿지 못하는 하늘선반에 올리려고
거대한 용오름에 편승한다는 사실도 확인되었다
그들의 목가적 영혼 또한 거대해서
수십 미터 길이와 수십 톤의 뭉게구름 중
절반 이상이 흰 향유고래의 그것으로 짐작된다
생전에 잡아먹은 대왕오징어와 거대 문어의 먹물 탓인지
찌푸린 날은 구름의 낯빛이 검어지기 일쑤다
한꺼번에 뛰어내린 향유고래에 압사당한 지붕과
우산이 수두룩하다는 기록이 고래(古來)로 전한다
이것은 전적으로 고래의 전적(前績)이지만
기후에 사려 깊은 구름의 일이기도 하다

나무들

표면에서 나누어지는 씨앗들; 분열하는
녹록(綠綠)한 생각이 잎사귀에 매달려서 흔들리고 있네

길이 자라고
길옆에 바투 서서 나무가 자란다

바람이 치마 아래서 불어
하늘에 옆눈을 던져 넣는다

내 열정이 녹아 흐르는 교각(橋脚)을 문지르며
저녁 어둠이 흩어진다

육중한 바위와
그보다 무거운 마음

매미들은 엎드리지 않고
여태 떠든다

숲으로 몰려오는 나무들
개중 몇은 개울가에 주저앉는다

가지들

속수무책 바람에 떼밀린
잎들이 일제히 뛰어내린 후
남은 가지는 족대가 되어
하늘을 건지고 있다

가장자리부터 첨벙대며 구석
구석 발을 넣어 연신 훑어보는데
피라미 같은,
여윈 구름 하나 걸리지 않는다

하늘은 너무 깊고 맑아서
그 무엇도 살지 않는 것일까
여느 때는 뜨신 구들장 위에 뭉개고 앉아
한나절 꼼짝 않던
뭉게구름은 또 어디로 갔나

어스름으로 사물이 숨어들 때
몰려드는 별무리라도 건질 요량인지
필사적으로 나무를 기어올라
공중으로 갈퀴손가락을 뻗고 있다

굿 이브닝 가글

입 안에서 우물거리다가
처음 배우는 문장인 양 내뱉는 가글
가글가글 소리 내다 보면
나글도 다글도 금세 익히지 않을까

배운 자의 입 속은 상쾌해
나는 뱀처럼 날름대며 혀를 내밀어
그녀에게 전달한다
그녀는 점진적으로 내용을 숙지해간다

당신에게선 혀 냄새가 나지 않아요
이것은 매너에 관한 문제다

가글을 하지 않은 그녀가 께름칙했지만
나는 부단히 참기로 한다
그녀는 기분이 좋은지 가글가글 웃는다
어찌나 좋은지
발가락을 배배 꼬며 웃는다

상대가 기분이 좋으면
나 역시 기분이 좋다

이것은 봉사에 관한 문제다 가글
가글 웃던 그녀가 마침내 조용해졌을 때

나는 가만히 일어나 가글을 하러 갔다

달밤에 걷기

달이 등을 밀어주어서
수월히 걷는 길

나보다 갑절은 키 큰
그림자까지 앞서 당겨주니

참 달갑다

잠

지난밤에 나는 죽었다
죽은 꿈을 꾸었다
죽은 내가 벌떡 일어나 앉아
자리끼를 벌컥거리고 나서
내가 죽은 꿈이
참말로 생시 같아 이마
에서 뜨거운 땀이 흘렀다
손등으로 땀을 쓱 훔쳐
맛을 보니 짰으므로 틀림
없이 되살아난 거였다
아래를 더듬어 만져보니
작은 그것도 그대로였으니
나는 살아있는 거였다
죽는 것도 버릇이 된다는데
다시 죽을까 심히 염려되어
잠자코 잠을 자지 않았다
최종적으로 나는 죽지 않았지만
아침 밥상 앞에 앉을 때까지
잠은 잠잠해지지 않았다

밥때

밥때가 다 되었다
밥때 되면 시장해진다
밥때가 되었는데 배고프지 않다면
밥때를 무시하는 게 된다
때를 모르는 이는 시계가 없거나
때가 희박한 깨끗한 사람일 것이다
속 빈 위장을 무엇으로 위장할 수 있는가
속일 수 없는 고픈 소리가
연못에 던진 빈 병에서 흘러나온다
밥때가 되었는데 돌아오지 않는 아이를
찾으러 어머니가 공터를 배회하고
마주친 어머니와 어머니가 우리 아이
혹 못 보셨나요 물음을 교환하고
아무개야아무개야 마실 밖까지 나가고
마침내 흙투성이 아들이 등짝을 맞고
퍼놓은 밥이 식어가는 집으로 잡혀간다
한 번 지나간 때는 다시 돌아오지 않는 법
밥때가 다 되어가는데
아아, 마침 밥때가 되었는데

어머니는 어디 가셨나

심부름

오리 떼가 시옷진법으로 탄천을 거스른다
가끔 목을 넣어
비늘 물결을 채며 간다

나는 천변에 앉아있는데
맨 앞선 오리는 기름 쓰고 헤엄친다
오리는 날갯죽지 아래 기름샘을 감추고 있어
좀체 가라앉지 않는다지
부럽다
그리하여도 저놈은 십리는커녕
오리도 못 가 발병 나겠다

어느새 저들은 점점 작아져서
여러 개 점이 되고
빛과 물과 섞이다 말다 하더니
영 보이지 않는다, 아아

그제야 퍼뜩 생각났다! 아내가 무엇을 튀기다 말고 재게 시킨
식용유 사러 가는 길인데

바람은 애인을

허공에 공기가 떠있네
공기 사이에 켜켜 바람이 있으니
나 대신 그놈이 애인의 머리카락을 쓸어 넘기고 있네
가을이면 그녀가 애정하는 붉은 나뭇잎을 갈팡
질팡 날리다간, 애타는 그녀 손바닥에
정확히 내려 앉혀주네
간덩이 배 밖에 나온 놈은
내가 앞에 있음에도 불구하고
그녀의 무겁고 빛나는 자줏빛 비로도치마를 훌
렁 들어올리는 것을
나는 애써 옆눈으로 다 보았다네
그녀의 굴욕으로 내 고통이 점차 엷어졌으니
놈을 어찌해야 좋을지
놈이 거처하는 허공에 묻는다
허공이여,
자세를 바꾸며 가라앉는 공허여
도처에 만연한 공기 사이에
방금 꺼낸 욕망 한 줌 굳어가고 있으니
바람,
너는 대체 무얼 더 바랄 것이냐

가을 중앙공원

계절의 그리움은 극악하고
무도하다
이 압도적인 분위기에 눌려
공원을 걷다 말고
벤치에 앉는다
벤치는 요소요소에 앉아있다
낙엽을 비롯하여
누구나 이용할 수 있다, 라고
중앙공원 입구 이용안내문에 씌어있다
방금 벤치에 앉으려다 미끄러진
나뭇잎 대신 캔 맥주를 앉힌다
맥주는 거품을 물고 있다
입술에 묻은 거품을 혀로 핥는다
마침 지나가던 여자가
빨리 지나간다
오만 원처럼 누렇고
큰 나뭇잎 하나가 옆에 앉는다
떨어지는 나뭇잎은 즉흥적이며
아무래도 쓸쓸하지 않은가, 라고
나에게 문의하면서 슬그
머니 나뭇잎을 주머니에 넣었다

스벅에서 시를

달면 뱉고 쓰면 삼켜야
약이 된다
샷 추가한 커피를 마시며
쓴 시를 쓴다

스벅에서는
스벅스벅 잘 써지는 시
하여 두 편이나 썼으므로
시시한 시
쓰고 쓴 시, 퉤퉤
뱉고 싶은 시

창밖 거리에는 스벅스벅
낙천적으로 눈이 쌓이고 있네

벙어리장갑 낀 연인이 눈을
뭉쳐서 던지며 나
잡아봐라 놀이를 즐기다
부둥켜안고 자빠졌네
나는 누가 잡아줘서 자빠질 사람이 없을까
>

여기서 이런 희망은
희망할수록 침울해진다 쓰고
쓴 커피나 마셔야지

쓴 것을 뱉어야지

아침에 시를 잃다

그것 참 살다 살다
이런 적이 없었는데
수음을 하다가
시가 생각났다 여하간에
이것은 마쳐야 하는데
당장 적어놓지 않으면 영
영 까먹을 수 있겠다
싶어서 전격 중단했다
특별히 이번 참에는
냉혹하게 헤어진 첫사랑과
그 사연에 관한
일종의 보상 차원이었으므로
더욱 아쉬웠다
끝내 그녀에게 담지 못했던
그날 밤과 같았다
그녀 이후로 꼬리에
꼬리를 물고 달리는 열차처럼
많은 그녀들을 달고
나는 폭주했었다
새벽은 수두룩했으니
필요한 영원보다는

요긴한 순간이 필요했다
부염한 빛에 창문이 데이고
흐트러진 이부자리가 드러났다
하반신을 비롯하여
낡고 부스스한 한 사나이의
상태가 말이 아니다
이런 광경은 참상이다
오늘도 긴 하루가 오겠지
실망하며 이불을 접는다
이불은 꼭,
가로로 한 번
세로로 두 번
그러다가 문득 깨달았다
생각났던 시가
생각나지 않았다

가지의 일

이른 봄부터 가지들은
가지가지 한다

일거에 돋아난 소름처럼
몽몽한 연두알을 매듭마다 슬어놓았다
거기서 이파리가 깨어나 무럭
무럭 그늘이 자랄 테지

하늘이 지워진 여름날의 나무 아래
벌러덩 누우며 나는
머리 뒤로 깍지를 넣고 한 바가지
떨어지는 그늘을 뒤집어쓸 거야

남자가 말캉말캉 멜랑콜리해지는
갈바람에 맞아 휘청거리는 계절에
변심한 잎들이 제멋대로 굴러가며 발기
발기 치마폭 찢어발기듯 그늘은 흩어지리

눈 내린 숲 고요마저 잠드는 밤
이불 속으로 손 넣어 그대 뜨신 살 파고들 때
파르르 떨며 나무의 내부로 손가락 넣어
겹겹 둥근 파문을 짓는 가지들

길

길은 뜻 없이
제 길을 간다
끝없이 간다
시작하는 이유나
끝나는 결말 없이
길을 간다
길은 말이 없고
이제는 누가 묻지도 않으니
더욱 말이 없다
말하자면 길은
길고 긴 침묵,
길길이 날뛰던 지난날을
다독여 걸어온 흔적,
길 외에 길이 없어
이 길을 고집한 세월이
길 위에 누워있다
오늘 가는 길,
낯익은 길은 지나치고
가물가물 보이지 않는
길을 찾아
길 없이 길을
간다

나무

하늘 속으로
깊어지는 전망들

독작

나와 상관없는 것에
나는 점철되어진다
분명한 것은 내가 되어가는 중에
나는 나를 먹고
더부룩하다
생활은 몇 개가 남았을까 쎄고 쎈
타인들 가운데 외로운 누군가 있겠지
아무나 종결되어지지만
단지 지금은 마모되는 중
틈틈이 사랑을 했다
윤리도 지껄여야 했지
바람이 미치게 광광 불어서
내가 가진 가장 무거운 모자를 쓰고 아버지에게
인사를 하다 고꾸라졌다
모든 사유는 뒤집으며 유사해진다
한때는 매력적인 나의 부위들을
포기하지 않던 여자는 어디 갔을까
끝끝내 남아있는 잿빛 오후
술집 유리창에 어른거리는 한 사나이를 쏘아보는
지문이 몹시 닮은 사내를 안다
때로 내가 아니기를 열망하는 내가 비틀
비틀거리며 접힌 골목 속으로 들어가고 있다

창문의 이유

창문 하나가
유심히 내 방안을 들여다보고 있다
마침 옷을 갈아입고 있었는데
들킨 창문이 창밖으로 얼른 고개를 돌린다
다 봤으면서

외부를 염탐하는 내부가
눈을 번들거린다, 넓고 사각이며
번뜩이기까지 해서 들키기 일쑤인 창문은
아마추어다

그렇지만 창문은 몹시 의뭉스러워
눈매 날카로운 초승과
별무리 초대해 집단으로 관조하는 것이다 나는
이 점이 영 마뜩찮다 기분
엿같다

카메라는 비용 탓에 못 달 것 같아 차륵
주름커튼을 쳐야겠다
내가 커튼콜하기 전까지는 절대
훔쳐보지 않게 조치해야겠다
＞

나의 외부가 외부로 전달되지 않도록

의인화되는,
창문이 창문일 수 없도록

풍향계

방향이 가리키는 곳은
다른 방향

나는 나의 뒤에 서있다
나는 비둘기처럼
나의 불우한 입을 펼쳐놓은 채 꾹꾹 울고 있다

다른 방향이 가리키는 곳은 또
다른 방향

바람이 걸려들자
미끼가 어지럽다

이제부터는 방향을 격려해야 한다
핑핑핑 돌아가며
필요한 만큼만 돌아오고

둥근 방향이 뒤집어져
둥근 향방이 굴러오고

겁나

허공의 팔뚝에 새긴 화살문신은

가히 아름답구나, 미풍(微風)이
옷깃을 약간 으쓱하게 한다

내가 나의 앞에 서서 덩달아 자랑스러울 무렵

저녁이나 희망 쪽으로 빡세게 화살이 돌아갔고
전격적으로 나는 안락해지고

잘못 찍다

도끼가 찍어야 할 것은
나무만이 아니다

내 불쌍한 발등이나

피 묻은 발바닥보다 더러운
위정자들

기일

어느 순간은 내가 시인인 줄 모르고
시를 쓴 적 있지마는

내가 아들인 줄 알고도
아버지가 고개를 돌리셨다

어둠이 드는 저녁 들판에 서서

이런 저녁은 아름다움이 적절해서
벌판에 있는 모두가 안심이다
석양이 점차 물크러지고 저들끼리
깔깔대던 새들은 도처에 찌그러졌다
샤워를 하듯 어둠이 머리 위에서 솨
쏟아진다, 나는 꼴려서 하마
터면 옷을 몽땅 벗을 뻔했지

계절을 강조하며 나무들도 벗는다
그들 아래로 걸어가면 다투어 잎을 던지는 모양이
탁 탁 내게 침을 뱉는 것 같아
마뜩찮고 기분 엿같다
이런 저녁에 검어지는 들판으로 드는 것은
저녁밥이 없는 집으로 터벅
터벅 걸어가는 것과 같겠지만

이만한 어둠이면 족해서
나는 갑자기 기분이 째진다
뒤집어질 만큼 좋아서 어둠마저 뒤집힌다면
아침은 오겠지, 내가 절대적으로 싫어하는
빛이 오겠지, 무지하게 눈부신 애인의

유방 가운데 올연한 갈색의 단단한 어둠을 보겠지
나는 그것을 애써 말하고 싶은 것이다

진실한 주말 합평회

어떤 진실이 가장
진실 같지 않은지
우리는 원탁에 둘러앉아
진실을 얘기한다
그들 중에 내가 있었다면
그것은 진실
나를 뺀 그들 각자의 손가락이
열 개면 진실
내 손가락이 열한 개면
그것도 진실
고로 그들이 여자라는
사실은 진실이다
그들은 다투어 질문을 하고
나는 진실을 말한다
어떤 질문에 대해서(이를
테면, 상상하는 어떤 것) 나는 쑥스럽다
나는 대체로 시인이므로
시에 대해 질문해주면 좋겠는데
그들은 시가 시시하다 한다
썩을 년!
진실로 나는 경멸한다

나는 시인이어서 대놓고 표현할 수 없다는
현실이 진실로 개탄스럽다
주말에 그들을 혼자 내버려두는
그들의 남편들을 나는
십분 이해한다
어떤 진실이 가장
진실 같지 않은지
우리는 원탁에 둘러앉아
진지하게 얘기한다

나이테

사로잡힌 벌레 수십 마리를 가지가지에
미끼로 뿌려놓고
새를 기다린다

상공을 선회하는 매 한 마리

순간, 둥근 파문을 일으키며 풍
덩 벌레가 뛰어들었다

비의 이유

작달막한 비는 나의 머리와
나무 한 그루 위에 있고 비교적
큰 비는 숲 위에 있다
비는 사물을 선택해서
스며들 것과
튕길 것을 귀신같이 구분한다
내리기 시작한 비는 비린내를 훅 끼쳤고
오래 내린 비에서는 낡은
흙냄새가 났다
우산을 던지고 와락 부둥켜안은
여자의 젖은 블라우스에서 어떤 냄새가 났는지
그 영화 제목이 생각나지 않는다
헤어져 돌아오는 동안 할짝
할짝 비는 내 눈물을 자세히 핥아주었고
그녀를 대신한 비가
내 왼쪽에 서있었는지
오른편에서 같이 걸었는지
도무지 기억나지 않는다
눈물처럼 뜨겁고 찬
비의 천성이 알려진 바 없듯이
그 밤의 이유 또한
나는 모른다

아프다

예후가 나쁘다고
의사가 말했지 그때
부터 나는 병에 걸렸다
돌팔이
손수 이마를 짚고
복통이라고 진단했다
무릎에 귀를 대고 골똘히 듣더니
뇌출혈을 자신했다
돌팔이
끝내주는 내 팔뚝을 만져보고는 벌
렁 뒤로 자빠졌지

즉시 병원을 나와
술집으로 입원했다
평범한 표정으로 맥주를 주문하고
근처에 숨어있던
친구를 찾아냈다
친구는 건강하다
간이라도 빼줄까?
나는 빼달라고 말하려다
참았다, 친구여

너도 가정과 엄마가 있으니
부디 참아라
대신 술값은 니가 내려무나

테이블을 엎은 후에
친구가 갔다
어떤 이와 누구와
누군가가 내게서 멀어졌다
관절염과 두통과
가까이 암약하는 친구 같은
암은 나에게 올 것인가
아니라면 낯선 무엇이 올 것인가
첫사랑에게 그랬고
이후로도 모든 애인들에게
너만 사랑한다고 속삭였던 모든
여자는 한꺼번에 들이닥칠 것인가
아내는 이해하겠지
나의 병증을 능히 알고 있으므로

기어이 턱이 돌아갔다
나의 단아한 이미지는

개떡이 되었다 이것은
내가 자초한 일
하지만 나의 천진함을
경멸하는 그녀가 근처에 있다는 사실을
나는 문득문득 깨달아야 한다
순간적으로 그녀는 숙녀가 아니어서
그럴 때마다 반드시 예후가 나쁘다
차라리 나는 아파야 한다
아프지 않다면 죽어야 한다
죽어야 산다는 말
장도(長刀)에 새긴 격언이 아니다
이것은 현실

거실에 건축한 텐트에서
구레나룻이 거뭇한 사내가 슬슬 흘러나온다
사내의 모든 어여쁜 것들이 쌕
쌕 안방에 잠들어있고
드디어 시가 쓰이지 않는
심장 아픈 새벽이 닥쳐왔다

그리운 인생

내가 더럽힌 공기를 비롯해
평소에 죽인 모든 목숨이
영면했으면 좋겠다

목사가 직업인 친구야
깨끗한 칫솔로 혀를 닦고
세속을 닦고, 닳고
닳은 말씀을 닦으렴

너를 생각하는 내가 불쌍해
오늘은 나에게 이런 후회를 한다
인생은 왜 배웠을까?

목사가 직업인 내 친구야
나는 내 죄를 알고 있어
스스로 증오하고
속죄하는 중이야
그러니 내 머리 위에 제발 손을 얹지는 말아줘

나를 생각하면 내가 자랑스러워
언젠가 세상에서 물러나며
배운 인생을 그리워할 거라 생각하면

바람 아래 납작 깔려서

마을의 평범한 지붕들 위를 날아가다가
낯익은 바람 몇이 창문을 두드렸지

나는 잠시 고개를 돌려 그들을 보았지만
이내 하던 것을 계속 해야만 했다
보건 말건,
시 쓰는 틈틈이 맥주를 마시고
거칠게 댐퍼 페달을 밟으며 건반을 누르거나
특별히 시간을 내어
노래를 했다

창턱에 앉아있던
그들의 감상이 끝났음을 알았을 때는
언덕을 넘어 별이 돌아갔고
세상 모든 고요들 죽어버려
적막 하나 헐떡이고 있었으니
비로소 창문을 열 수 있었지
언젠가 방송에 나왔던 바바리맨의 그것처럼
바람이 매달려있던 고리가
여전히 흔들리고 있구나
　＞

징후가 좋지 않지만
다시 돌아온다면 그의 아래에 깔려서
나는 온전히 불경할 수 있기를

태양과 나

태양은 하루 만에 끝장나지만
영구적이다
나는 수십 년간 끝장나지 않을 예정이지만
하루 만에 태워질 게 뻔하다
태양과 나는 이렇게
입장이 다르다

나는 태양이 부럽다
매일 죽는대도,
영원히 사는 것은 어떠한가
밥 먹듯 죽는다면 태양처럼
밥을 먹지 않고 산다는 뜻 아닐까

아침에 일어나
어제 본 태양을 또 만났다
지겨워
처음 몇 번은 그와의 관계에서 번번이 오르가슴을 느꼈는데
자꾸만 보니 가슴이 끓지 않았다

그렇다고 그와의 관계를 끝내는 것은
상상하기 싫은 일,

언제부턴가 그의 열정에 사로잡혀 훌렁
훌렁 옷을 벗고
모래 위에 드러눕는다

여름에 선탠을 해보면 안다
당신을 가리며 지나가는 풍만한 그림자에게 눈길을 주는 순간
태양에게 찔린다는 사실을

눈에게 부탁함

사박사박……
우리 집 지붕은 전혀 위험하지 않아서
서슴없이 눈이 앉는다
눈 무덤 아래 방에 앉아있어도
나는 괜찮아
차라리 저 벽에 지겹도록 흘러내리는 이방연속무늬가
훨씬 위험하지

빌딩에 매달려 유리창 청소를 하듯이
눈들이 밧줄을 잡고 내려와
저 끔찍한 벽지들을 닦아주면 좋겠어
미역 줄기 같은 저 무늬들을 싹 걷어갔으면 해
식초를 뿌려 초무침을 해 먹을까?

눈들아,
눈이 있다면 자세히 보렴
누가 저 푸르께한 것들을 견딜 수 있는지
저 부들부들한 점액질을 덮어쓴
비통한 벽의 심정을 알 수나 있겠는지
아가미 없이 바다 가운데 잠겨있다가
칼춤 추는 미역에 휘감겨 의식을 잃어가는 사나이의

허우적이는 새벽꿈을 상상해봤는지

무얼 두려워해
여태 저것들을 응징하지 않는 거야
기술적으로 지우는 게 어렵다면 사박
사박 내려라
사박사박사박사…… 몹시 내려라
학위(學位)가 있는 눈이여,
한 길 두 길 높이 내려 쌓은 다음
그대로 주저앉아라

나는 잠시 마당에 나가 있을 테니

어느 때에는

소원하는 죽음은 멀리 있고
먼 곳에서 실마리 같은 부름이
희망처럼 풀려온다 당기면 슬슬
풀리던 사랑도 있었다
사랑, 평소에 그것을 알고 있었지만
지금은 애써 생각하지 않는다
누군가 돌려주기를 기다리는 수전(水栓)처럼
곧 쏟아져 나올 죽음을 기다린다
내가 가진 손가락 스물한 개 중에 어느
손가락이 영혼을 지적하는지
여자를 감동시키는지 나는 알지만
죽기 직전에야 귀에 대고 말해줄 테다
비밀을 들은 측근은 고개를 비뚜름히 돌리고는
몹시 난처한 표정을 짓겠지
직후에 급히 날아오르다 천장에 머리통을 찧을 때야
퍼뜩 깨닫게 되겠지 내가
비통해하는 측근에게 무슨 농담을 한 거지?
저 망할 녀석은 죽을 때도 저래
완전 재수 없는 놈이었어, 라고 씹을 거야
그러나 나는 망할 녀석이 아니다 이미
죽었으니 망한 녀석일밖에

어쨌든 손가락들을 추스르고 사나이가 떠날 것이다
허구한 날 벽에 붙어 기생하는 창문을 통해서
창턱에 앉은 채 주름이 늘어가는 사과 한 개를 남겨놓고
태양을 향해 별을 향해 날아갈 것이다
형광등을 켜면 재빨리 흩어지는 바퀴벌레처럼
모여 섰던 측근들은 뿔뿔이 흩어지겠지
그들의 해산은 망각만큼 빠를 것인즉

키스의 추억

어스름이 짜갈짜갈 내려 찌든 대문 앞에서
뒤꿈치를 바짝 올린 여자가 입술을
베어 먹기로 결심했다 바야흐로
먹히기 직전의 떨림을 예감하는 한
사나이가 빠작빠작 말라버린 입술에 쓱
침을 바르고 나서 근엄히 눈을 감아주었다
이것은 사랑이니까 괜찮아요 그러
니까, 떨 이유가 없어요 물론 약간의 흥분은
요긴하죠 천천히 입을 벌리는 조개에게 그러하듯
당신 입술 사이로 무언가 넣어볼게요
다만 당신은 나를 부둥켜안은 채 사력을
다해 갈비뼈 몇 대쯤 부러뜨려주세요
내가 당신에게 포함될 수 있도록
진창인 나에게 컹컹 젖어들도록 그리
하여, 스스럼없이 내 방을 경청할 수 있도록
방문 앞에서 나는 당신에 충고했다
신발 끈이 있는 신발을 다시는 신지 말 것
그러나 키스만을 생각하면 신발 끈은 전혀
문제가 되지 않아 사실, 어떤 새끼도 문제없지
질질 끌려가며 입술을 떼지 못했다 그날
이후 엉망이 된 입술을 마스크로
가리고 싶었다 사회적 거리두기는 핑계였으므로

대놓고 사랑을

노골적으로 사랑을 궁구한다
돌아가지 않고 직진으로
깔깔대는 태양 아래 펼쳐놓고
미사여구로 감질나게 하지 말고
뻔한 전희로 김 빼지 않고
기름 바른 사타구니로 성냥을 던지고
유륜 가운데 돌올한 두 개의 오름을 위해 풀쩍
김포에서 제주행 비행기에 오르고
비 오는 날 음경은 개구리처럼 튀는구나
만곡된 그것을 가급적이면 존중하지 않기를!
모아놓은 너의 신음들 철(綴)하지 말고
끊임없이 당신은 나를 파먹어서
나는 기꺼이 빈털터리가 되고
대놓고 내 사랑이여
단단한 죽음보다 더 완고해지고

비 갠 후

공중에서는 형태에 조짐이 있었다

나무가 모발을 털자 후
두둑 물방울
대신 바람이 떨어졌다
둥치를 잡고 있던 그늘이
찢어지며

바닥에서는 형태에 균열이 일었다

신신파스

노동을 마치고 돌아온 저녁에 홀랑
벗고 식탁의자에 앉아 아흐
아흐 신음을 떨구었다
무엇을 비롯하여 무엇이든 축 늘어졌는데
어깨들은 뭉치는 걸 좋아하는 편이다 아흐
나는 네모반듯한 부리를 믿는 편이어서
근육을 쪼아 먹도록 배려한다
차거나 뜨거운 헝겊들에게 신신
당부하며 어깨와 허리와 장딴지와 발목
심지어는 배꼽과 이마까지 맡겨보는 것인데
누군가 암에 걸렸어도 신신
파스, 과감히 이것을 붙여주고 싶다
밤 가운데 문득 뜨거워지지 않는다면
후끈한 이것을 엉덩이에 붙여보시라
두통이 오면 척하니 이마에 붙이고
뚱뚱한 애인은 살포시 배꼽에 얹어주실 것
장마에 지붕이 샌다면 신신파스
아흐흑 무릎 짚으며 의자에서 일어날 때
삐걱대는 의자에게도 깔끔하니
또 한 장의 피부를

레이스는 저녁에 멈추네

암녹색 이파리 위에 쐐기를 박기 시작한
태양이 정오에 땀을 닦네
낡은 발가락을 힘껏 오므려 꽉
쥔 채 절벽을 기어오르는 중인 소나무를
발견했을 때 내 피부에 붙은 모든
털이 발목에서 위로 한껏 곤두섰네
털들은 휴게소에서 쉬듯 여느 부위에
웅성대며 모이기도 하는데 그 빛깔이
사뭇 검어서 태양조차 지도하지 못하네
민첩한 검은 영역 가운데 것으로 태양처럼
무른 여느 곳에 쐐기를 박고 싶었네
유연한 손바닥 아래 바스러지는 나의
관자놀이를 짚으며 사제는 기도를 했을까 안
했을까 이런 의문은 정신 나간 독백이므로
심사숙고 중인 애인에게는 절대 함구라네
애인들은 잘게 짠 어지러운 레이스가 달린 펄럭이는
잠옷을 입고 경쟁적으로 나를 홀렸지만
나는 대체로 의연했고 죽은 지 만 하루는 지난
굳은 시체인 양 굴었다네 이런 얼간이!
낙담한 레이스로부터 레이스 레이스
뿔뿔이 흩어졌으나

태양은 여태도 광광 쐐기를 박고 있다네
가정 교육이 잘된 석양이 어둔 낯빛으로 하나둘 세며
박인 그것들을 죄 뽑아낼 때까지

연주

건반에 올린 손가락이
선반에 올려놓은 물렁한 오징어 같네
빨판이 즐비한 징그러운 손가락
반건(半乾) 감정과
온건치 않은 리듬의 꼬리한 냄새들
1박 다음에 3박, 홀수로
잠이 든다
왼손으로 베개를 낮추고
오른손으로 화관을 쓰고 계단을 오르게 하네
솔에서 파
라에서 미, 미에서 레
에서 도
도에서 웅크리는 냄새
또한 도에서 레,에서 미,에서 파에서
솔찬히 아우성치는 꽃도
높은음자리에 누워 벌벌대는 벌레
늙은 마누라 뒷물에 협조하는 악취미
방금 벗은 내 몸을 관조하는 육체파
그만 자자
하다 말고 그러는 법이 어디 있어 8분의 6
박자

잘못 쓰면 박사가 된다

빨판이 붙은 손가락을 가진

박사,

유능하신 그대의 음감을 위해 4분의

2박자

한 박자라도 제대로 쳐!

병신같이

도돌이표를 읽지 못했다

방음이 완벽한 연습실

실내는 까무룩 죽어갔다

이것은 내가 알고

지붕이 알고 있다 생각건대

조율을 해야 할까?

8부

욱신거리는 가슴을 주무르면서

슬픈 동화

달의 조도를 맞춤하니 낮춰놓고 나무는
용의주도하게 어깨를 들썩인다 우는 것이다
선반에 얹은 압정상자를 내리다 엎지르듯이
아프게 반짝이는 별빛 아래서 찔끔대는
나와는 좀은 차원이 다른 분위기에서 운다
숲에서 나무가 그러는 것이 좋아보여서
둥근 취침등을 켜놓고 엎드려 끅끅댔으나
나무의 취향과 나는 영 맞질 않았다
들리지 않게 우는 나무의 장기를 배우려고
숲 가운데 웅크려 슬픈 생각을 초대하는데
산통을 깨는 밤의 산짐승은 왜 그리 많은지
많은 발을 요약해가는 검은 지네와
슬립을 벗듯 스륵 흘러내리는 뱀, 돌연
프레젠테이션용 레이저를 쏘는 부엉이
등속은 참을 만했는데, 아아
두툼한 네 발을 의연히 옮기며 오는, 척 척
다가오는 저 호랑이 한 마리를 어쩌라고!
분위기고 나발이고 나는 벌떡 일어나 데굴
데굴데굴 구르고 굴러서는 저 산 아래
물이 우는 계곡으로 황황히 떨어지고 마는데

달의 죽음

누구나 명랑하게 죽음을 생각하지 죽음은 랄
랄라 노래해도 무방한 자유

저 호수에 달이 빠졌는데도
나는 달의 결단을 존중하는 우두커니였다
이른 아침에 그의 시신을 수습하려고
휘적대며 물에 들어갔을 때

비로소
하나의 심장에 관한 연민에 휩싸였다
비겁한 자이다 나는
적나라하게 들춰져 마땅한 놈이다
달 하나 구하지 못하면서
침대에 비스듬히 누워 두 개의 달을 탐했었다
달달한 그것에만 마음 주었다니!

이런 반성도 잠시
탈토(脫兔)처럼 한 사나이가 후다닥 물에서 뛰어나온다
올바른 선택이기를 바라면서
젖은 머리카락을 낭만적으로 쓸어 올린다

손가락 사이에 반짝이는 것이 묻어있다

풍산벌

지나온 오십여 년 내내
벌판이 고요하였다
거기에 붙어사는 사람들 입장은 모른다
다만 내 생각이 그러하다
벌벌 기며 사는 내가
여기,
머나먼 타향에서 보기에
그렇다는 말이다

두 번째 첫사랑

첫사랑을 한 지
사십 년
참말로 오래되었다.
너무 오랜 기억이라
그녀 얼굴과
목소리,
복숭아 빛깔의 솜털 보송하며 앞니로 물면 급히 따끈해지는,
분주한 어느 날은 놀란 귀지가 손톱 반달만큼 구멍에서 기웃거리
던 그녀 귓볼이
전혀 기억나지 않는다. 그리

하여, 죽기 전에
꼭
한 번은
두 번째

첫사랑을 하고 싶다.

잉여 인간

탄천을 사이에 두고
이매촌에서 탑마을 건너가는 구름다리 아래에
잉어가 산다

이매에서 탑마을로 가거나
탑마을에서 이매로 건너려고
사람이 다리 위로 출현하면 득시글 득
시글 잉어 떼가 출현한다 자동이다

제발 먹이를 주지 말라는 안내문이 서있어도
새우향 묻힌 깡을 던져주거나
양파 썬 모양의 링을 날리거나
드물게는 씹던 껌과 함께 퉤
침을 뱉는 몰지각도 있다

그럴 때마다 잉어들은
제비새끼 모양 주둥이를 벌리고 개새끼처럼
꼬리 흔들며 몰려든다 우르르
우르르 아주 장관이다
과자를 죄 던져버린 아이들이 다리의 이쪽과
저쪽을 빈손으로 뛰어다니는데

잉어들은 귀신같이 알아채고 돌아선다

놈들이 예서 송파 지나
큰 강으로 출세하지 않는 이유는
자명하다
폭우 쏟아지는 날도
폭설이 내리거나
폭염 창궐하는 한여름도 그들은
폭도인 양 몰려다닌다

잉어들은 한강을 잊은 게 분명하다
다리 아래에 자리를 깔고
다리 아래서 깔깔대며 사랑을 하고
다리 아래로 새끼를 낳는다
다리 아래서 구걸하고
다리 아래로 내지르는 것인데

옛날에 어머니가
다리 아래서 나를 주워 왔노라 고백하셨다
사람으로 변신하기 전에 나는 잉어였을까, 빌어
먹을 잉여 인간일까

어느 때에는

조금만 더
조금만
더 누워있자

그러다 밥때가
가고
오전이 가고
다른 밥때와 함께
저녁이 가고
하루가 갔다

하루가
하루 만에 전격적으로
갔지만

이후로는 지루하거나
자연스레
갔다
기억나지 않을 만큼
여러 해 가고
나서도

조금만 더
조금만
더 누워있자는 결심은
변하지 않았다

세월은 적절히
가는 줄로만 알았다
영면(永眠)이

오는 줄은 몰랐다

먹통

단호하게 돌아선 당신과
내가

꾹꾹 눈물 삼키며 헤어지는 순간

당신 뒤꿈치에 땅
송곳을 박고
줄줄
재빨리 검정 먹줄을 풀어
이 가슴,
젖꼭지에 대고 나서

퉁

사이를 들었다
놓았습니다.

산책

성가시지만 콧구멍 속에 공기를 채워가면서
수상한 판교 육교를 지나치는 중이다.
공중에는 하늘을 들쑤시던 새들이 사람을 발견하고
십중팔구 나에 대해 논평하는 지저귐이 들려.
저 새끼들이 뭐라 말하든 손톱만큼도 신경 안 쓰지만
대갈통이 허옇게 빈 촌스러운 중년 놈이라는 한 놈의
악의에 찬 거짓말은 정말이지, 콱 잡아서 죽여
버리고 싶었어. 그러나 참아야 했지.
산책의 진정한 의미와 정신 건강을 위해서는.
그보다는 내가 떠나온 단지(團地)가 저어기 보이고
개중 한 동(棟)의 11층에는 내 침대가 있는 가정이
살풋 얹혀있다는 현실이 사뭇 안도되기에
참는다는 걸 저 새 떼 중 입바른 고 한 놈이 알까 몰라.
만약, 만약에 말이지 저 새새끼가 깃털암에 걸린다면
말기이거나 수술을 감행하더라도 예후가 나쁘길 바라.
아아, 이런 악담은 하지 말자.
사실 속알머리가 솔찬히 숭숭하고
촌스럽진 않지만 중년이지 않은가. 공중에서 놈이
제대로 본 것이야. 성가시지만 나는 콧구멍 속에
꽉꽉 공기를 채워가면서 의문스러운 판교 육교를
지나, 그만 집으로 돌아가는 중인데.

가만히 있는 나무

가만히 있는 나무를
바람이 흔드네.
뚱뚱하고 우스꽝스레 생긴
새 한 마리가 냉큼 날아와
같이 흔들리고 있네.
들리지 않지만 나무가 말했다.
나는 어지러운데
너는 재미있냐?
편승에 관한 한 나무는 마뜩찮다.
수시로 빌붙는 태양도 마찬가지.
밤에도 그러하다.
가만히 있는 나무를
달이 주물럭대고
별빛이 콕콕 찌른다.
부엽해질 때까지
어찌나 성실히 지분거리는지
구경하는 내가
다 지겹다.
그냥 자겠다는
애인은 차마 건드리지 않아야 하듯
가만히 있는 나무는

그대로 둬야 한다.
이게 예의 있는 자의
바른 생각이다.

친구가 복권을 사라고 했다

어떻게든 견뎌야 한다.
꼬박 오십팔 년하고
삼 개월 그래왔듯
앞으로도 살아야 한다.
깨진 유리조각처럼
뾰족한 슬픔이나
나의 면모가 상세히 기록된 플라스틱 칩 따위 와작
와작 씹어 삼키며
현장에 가야 한다.

그간의 나는
끈질긴 나의 용의자,
누군가에게 추적을 당했다면
범인은 나 자신이다.
고통 없이 잘 찔리기 위해
날을 벼려왔다.
원하는 국면이 찾아오기를
소원하며 살아왔으니
나의 천적이 나일밖에.

어떻게 살아야 하는지

더구나 익지 않은 술을 은밀한 어디에 묻어두었는지
친구에게 가리켜주지 않은 채
나는 죽었다. 어제 밤
야하고 아리따운 꿈속에서.
깜짝 놀라 허둥대면서도 기척 내지 않으려고
아주 멀리 있는 아버지와 가까이 있는
어머니와 다른 방에 잠든 가족을 위해
죽음보다 낮게 숨을 참았다.

재수 없는 내 친구 b

죄책감 없이
판매용 시를 쓰고

생각 끝에
내수용 맥주를 소비했다
그러는 중에 전화가 와서
한 잔 빨자고 한다
이미 빨고 있다 했더니
재수 없다며 전화를 끊는다
니가 더 재수 없어

이런 비난은 처음인데
너는 두 번 태어나지 말거라, 썩을, 맥주
효모같이 눈깔이 누렇게 뜬 새끼!

한바탕 욕을 퍼부어서
속은 시원해졌지만
죄책감 없이
판매용 시를 쓴 내가
곱절은 나쁜 놈이다
미안하다,

소중한 친구야
금세 갈망하게 되는
재수 없는 나의 친구야

낼 만나면
맥주 사줄게, 약속한다
죄책감 없이 시를
쓰는 나쁜 친구를
눈감아주는 친구야
더럽게 재수 없지만
산 채 밀봉해서 아랫목에 놓고 싶은
완전 친한 내 친구
b

현관에 서있는 미개한 전신 거울

나는 미개하다
나의 거칠기 그지없는 원초적 거시기가 그렇고
아름다움에 反하는 미학이 그렇다
이런 점은 특히 미개해서,
살아있는 어머니 때문에 차일피일 미루는 중인
게으른 죽음이 그러하다

"피지 않았다면 질 일도 없을 텐데"

내가 꽃인 줄 아는
현관 벽에 붙은 거울이 말한다, 망할 놈의
거울이 아침이면 시비를 건다

하지만 나는 당대 가장 걸출한 꽃,
튼튼하고 미개해서
누구든 따고 싶어 난리다
멍청하기까지 해서 더 인기다
밤마다 연출을 하고
더러운 향수를 뿌려댄다, 아아
향수! 나는 급작스레 안동(安東)이 그립다
>

거울이 킬킬 웃는다
거울은 아침저녁으로 나를 갖고 논다
현관 벽에 떡하니 바투 서서
출입을 체크하며 눈깔 부라리는 사천왕 같은
미개한 선도부원이 싫다

"맥주 마시느라 심히 늦었구나"

그 옛날 교문 앞에서처럼
나는 순간적으로 엎드려뻗칠 뻔했다
술이 확 깬다
완전 빡쳐서
주먹을 날릴 뻔했다
뻔한 간섭에 신물이 났다

다음날 일찍 전문가가 방문해서
흘러내린 파편을 줍기 시작했다

기일

엄마, 오빠가 시를 다 쓴다네요?
여동생이 고자질했다
건넌방에서 정숙히 엿듣던 아버지가 시름
시름 앓으셨다

초연初演

새들이 숲을 물어뜯다
연두색 베개를 부리로 물고
솟구쳐 올라 하늘을 애무하네

신음 없이 번개가 번지고
구름 가운데 깃털 한 개가
느긋하게 떨어진다
불경하게도 그것을 보고 있을 때

마을에서 저녁 종소리가 걸어왔으니
나는 퍼뜩 흥분을 감춘다
겨우, 새들의 짓거리를 가지고
노을처럼 빨개지다니!

그러나 경험상 추측하건대
아무래도 이것은 초연이다
번개같이 신속하고
서툰 비행을 관람했으니

내가 죽었을 때

나는 죽을 때
격식을 차렸으면 좋겠네
아내와 자식과
가능하면 조카들까지 도열해서
경례를 하고 박수쳐주면
고맙겠네
그러면 나는 우쭐해져서
좀 더 즐기다 죽겠지

마침내 내가 죽었을 때
수의사가 와서
코에 손가락을 대보고
아웃이라고 진단하겠지
깨끗한 수의를 입고
깨끗이 태워지겠지
남은 뼈는 콩
콩 빻아질 거야

사기단지에 넣어지든
강에 뿌려지든
아무튼 어딘가에 정착하겠지

어느 날은 그이의 미망인이 있나 없나
두리번대며 살핀 후에
조심하며 다가와 슬퍼하거나
예의 없는 여자 몇은
깔깔대기도 하겠지

내가 죽었을 때는
모쪼록,
격식을 차려주면 좋겠네

노동의 시간

노동은 계절처럼 돌고
돌았다
노동이 돌지 않는다면 기꺼이
다른 무엇이 돌 것인가
돌고 돌아서 다다른 현장에
널브러진 노동을 보았다
노동 하나의 체념과
노동 열 개의 손가락이 부스럭
부스럭 움직이고 있다
꿀 속에 빠진 꿀벌처럼 버르적대며
그런 분위기를 가중하고 있다
노동이 심화하며 분분
먼지가 날개를 증식한다
쐐기 대신 목수가 제 손가락을
잘라서 박아 넣었다
헌신하는 노동이여,
질서정연하게 실패하는 시간에
견적이 싹트는 공정이여,
사다리가 창백한 하늘을 찌르자마자
비처럼 쏟아지는 대책들, 멍청한
위정자가 기대를,

창궐하는 혐오가 방책을 찔렀다

나의 동료가 해머를 들고

아름다운 카르텔을 친다

나의 의뢰인이 전대미문을 열었고

나는 대체로 고개를 숙였다

심지어 나의 애인이 드라이버를 쥐고

거대한 수나사를 돌린다

이런 것은 유희일까

재미지게 돌아가는 노동일까

살인자도 노동을 하는

건강한 시간, 돌고

돌아버리는 노동의 계절에는

좋은 아침

아침에 일어나니
어제 일어났던 좋은 일이 생각나
수첩에 웃음을 적어두었다

소란스런,
이름 모를 성가신 새의 작은 몸에
마침 독수리가 발톱을 적셨고

오후에는 강인한 애인의 입에
기적처럼,
부드러운 무엇을 기민하게 밀어 넣었던 것

밤에는 불리한 패를 감추듯
검은 구름 뒤편으로 노란 속옷을 숨겨 가던
달을 훔쳐보았고

잠들어서는 침대 밖으로 멀리
십 리보다 멀리
뚱뚱한 아내가 허둥지둥 달아났으니!

이런 끝내주는 꿈을 꾸고 나서

내 기분을 안다는 듯이

빙글거리는 거울 앞에 서서

바스 인테리어

화장실을 의뢰받았지
의뢰인은 대단히 짜서
하지 않으려다 했지
그는 심각한 짝궁둥이거나
좌익임에 틀림없다
왼편으로 기울어진 변기와
늙고 고약한 얼굴이 덕지덕지 붙은
세면기를 떼내고
플라스틱 천장을 내렸더니 맙
소사 콘돔상자 하나가
뚝
떨어지네, 순간적으로 나는
그것을 주워 황급히
바지 주머니에 넣으며 생각했지
이것을 사용할 수 있을까?
윤활유는 마르지 않았는지
주머니에서 다시 꺼내
유통기한을 살펴보고
실험 삼아 한 개를 꺼내 신중히
끼워봐야 하지 않을까? 별의
별 생각이 다 들었지

특별히 이것을 사용한다면
과연 누구에게? 이 물음이
실은 가장 중요한 것
사실상 하늘에서
뚝
떨어진 공짜이지만
나는 이것으로 의기양양하게
누군가를 배려할 수 있겠지
그러나 심사숙고해보니
화장실 천장에 이것을 숨기기 위해 장딴지
바들거리며 깨금발로 버텼을
좌익을 위해 고백해야겠지
나는 정직이 몸에 밴 업자
기꺼이 돌려주기로 마음먹었지

8월의 날씨

날씨가 거치적대더니
겨드랑이 속으로 뜨거운
손을 집어넣는다
냉장고에서 꺼내놓고
잊어먹은 맥주가 미지근하다
나 대신 날씨가
무심코 한 모금 마시더니
즉시 뱉는다
김 빠졌어
나를 노려본다
나는 어깨를 으쓱하며
내 잘못이 아니라고 어필했다
누가 봐도 내 탓이 아닌데
날씨는 얼굴을 붉힌다, 삿
대질을 하며 몰아붙인다
악취 나는 혓바닥을 후둘둘둘
휘두르며 침 튀긴다
날도 더운데
날씨의 악다구니는 가관이다
작년 이맘에도 겪은 바 있으나
올해만큼은 아니었다

날이면 날마다 윽박지르며
다그치는 氏가 싫다
신물이 난다, 이럴
바에는 다른 계절로 후딱
도망치는 게 상책이다

11월의 날씨

대기 중인 택시처럼
다른 계절이 기다리고 있다
비명을 지르며 승강장을 지나치는 차들
자정 넘어가는데
나만 급하지 않구나, 불현듯
따뜻한 가정으로 돌아가고 싶을 때
바지 주머니가 손목을 삼켰다
날이 제법 추워졌지?
나를 미행하던 그림자가 묻는다
지겨운 새끼
승강장 쇠기둥에 머리를 세게 박아 놈을 기절시키려다
참았다
마지막 버스 한 대가 곧 올 텐데 영
오지 않는다
저녁에 얻어먹은 맥주 탓인지
오줌은 마렵고
오줌을 누고 무심히 성기를 털 듯
고물 택시가 털털대고 있다
우아하게 저것을 타고 갈까?
살 떨리는 날씨와 함께
유혹은 거리에 만연하다

시동이 걸려있던 택시가 막 출발했을 때
웃음을 터트리며 버스가 들어왔다

달걀귀신

믿지 못하시겠지만 예전에
달걀귀신을 만난 적 있었지요

달처럼 하얗고
갸름한 얼굴인데 이목구비가 없고
건드리면 걀걀 웃어대는
달걀귀신 말인데요

아내의 좁은 항문에 꼭 끼어
나올까 말까 망설이는 자식을 위해
횃대에 냉큼 뛰어오른 남편이
꼭끼오
목청껏 독려하던 새벽이 있었지요

애써 항문에서 탈출한 자식 중에
씨가 없거나
데굴데굴 구르다 면상이 깨진 아이는
곧장 귀신이 되었어요

성한 아이들은 종이 웅덩이에 앉힌 채
판판이 팔려 나갔고요
>

오늘 아침에는 달걀 두 개를 팍
팍 깨서 프라이를 했는데요
프라이팬 위에서 쌍으로 지글대며
영혼까지 익어가더군요

그나저나 달걀프라이를 무지하게 좋아해서
아내는 저를 달걀귀신이라 부르는데요
어릴 적 만났던 희부연 그것들마냥
걀걀대며 귀신같이 먹어치운답니다

노루페인트

풀쩍 뛰어올라
마을의 모든 지붕을 칠하고 있네
꼬리가 짧은

저, 달은

길 위에서

아무리 걸어도
오늘 하루
종일 걷고 또
걸어도
세상은 끝나지 않았다
왜,
세상은 끝나지 않았을까

풀이 머물고 있는

길 위에 우두커니
서서
골똘해보니
알 것 같았다

눈물을 삼키다

얼마나 어려우면 일이라고 했을까

자연스레 눈물 삼키는 일.

눈물은 짜서
맥주와 함께 마셔야 간이 맞았다

취한 눈물이 소화되기까지는
최소 열흘 이상 걸린다는 게 정설이다
그지없이 서러운 사람은 십 년을 견디다가
일거에 토해내기도 한다

눈물을 삼키고 나서 한 시간 만에
요도를 통과시켜 꺼낼 수 있다고 호언장담한
마술사를 만난 적 있다
사나이는 세 시간 만에 그것을 부여잡은 채
병원으로 실려 갔지만
그의 무모한 용기는 오래 회자되었다

저녁 답에는 양파 한 망을 앉혀놓고
슬픈 연속극을 시청하며 까기 시작했는데
아내가 사색이 되어 뛰어왔다

불효

빛이 그림자를 조금
뜯어먹고
또한 뜯어먹던

어느 날 어머니가 말씀하셨다
새파란 나를 뜯어먹으렴

어머니를 뜯어먹으며
내 그림자는 길어지고
뚱뚱해졌다

세상은 어둠의 은유로 가득 차
더러워졌고
신의 가호가 필요해졌다

빛이 그림자를 꾸준히 뜯어
먹고 있는 오후,

늙은 그녀에게 전화를 했다

진성 형의 주식

주식(株式)을 하는
진성이 형
서울시 공무원을 하다가
일찍이 퇴직해 일용직 십 년 넘어 하다가 현장에서
밤늦게 돌아가던 귀갓길
야탑역 지하철 계단에서 덱데굴
구르며 정강이가 아작나
이제는 주식이 주식(主食)이 된
진성이 형
형과 나는 간이 맞아서 간혹
주식(晝食)을 한다
함께 밥을 먹으며
주식(酒食)도 하는 그는
주식에 관한 한 베테랑이다
나하고는 십 년이나 연식이 윗줄인
그러나 우리는 절친
열흘쯤 소식이 없으면 스멀
스멀 생각이 배어 나오고
전화해볼까 말까 망설이다 보면
그에게서 먼저 벨이 울린다
나리야 나리야, 강나리야

아프고 어여쁜 딸을 호명하며
봄밤에 별을 뿌리던 강진성 형
라르고는 너무 느리고
안단테보다는 여유롭게 아다지오쯤으로
주식하는 틈틈이 만나
불콰한 주식 좀 해요
봄밤의 시세가 어제 오늘
내일도 급등할 전망입니다

뿌리

사전을 뒤적여 어원을 찾듯
정하게 손을 씻고
풍산류씨세보(豊山柳氏世譜)를 꺼내
윗대의 저 윗대꺼정
뿌리를 짚어본다

뿌린 대로 거둔다는
가훈을 액자에 담아놓고
어떻게 뿌려야
실하게 뿌리내릴까
아내와 더불어 고뇌하던 첫날밤도 있었는데

오늘은 사당 앞 우거진 잎을 보며 나는
어렴풋이 존재를 느끼고 있었으나
저 잎은 필경 뿌리를 모르리
뿌리는 자신의 뿌리를
좀체 보여주지 않기 때문이다

여느 계절에는 바람의 힘을 빌려
나무는 수천수만의 잎을 뿌리지만
그런 장관을

정작 뿌리는 보지 못한다

그러나 뿌리는 가지와 잎을 퍼 올리는
문중의 대동맥,

어둠 속에 물구나무선 고동색 하늘이다

나무

잎에서 떨어진 그림자들이
발목께 쌓이고
꾸덕꾸덕 볕에 말라
붙어버려서

옴짝 못한다

심부름

하늘은 광활한 감옥,
방금 험상궂은 새 몇 마리가 투옥되었다
죄수들은 철장에 갇혀서도 지랄
발광을 한다
사식을 좀 넣어줄까?
회오리가 검불을 말아 올린다
나는 저들이 나오면 먹으라고
두부나 한 모 사러 간다

결혼한 남녀의 행동

실수로 만난 남자와
여자는 결혼을 하지
반드시 실수를 해야지만
함께 살 수 있지
여자와 남자는
서로에게 용의지,
그러나 침대에서는
상대의 피부를 보살피지
과장하여 흰자를 뒤집고
하늘의 별은 죄 딸 수 있지
트럭에 한가득 채워서
치마폭에 쏟아부을 수 있지
그런 남자의 면모에 대해
애써 신음을 감춘 채
여자는 기꺼이 찬사를 하네
내 자궁이 은하수로 가득하니
당장 죽어도 여한 없어요
도무지 현실 같지 않은 소감을 듣고
남자는 이불처럼 거들먹거리지
쉿, 조용해봐
거실 창가에 둔 화분에서

시든 꽃잎 떨어지는 소리
어찌됐든 실수로 만난 남자와
여자는 결혼을 했으므로
이런 소음쯤은
신경을 쓰지 않는다네

싹

사랑은 힘들어
사랑하지 않고 사는 것은
더 힘들어
새싹도 둘이 올라오지
바싹 붙어서
싹을 틔우지
싹싹하던 그녀가 생각났다
비빔밥을 좋아해서 바닥까지
싹 비웠지
어쩌면 나도 비벼줄까 기대하며
군침 흘린 적 있지마는
결국이었지
그렇지만 끈
질기게 기다렸고
기다렸고
발바닥 아래 뿌리가 내릴 만큼 기다렸는데
결국이었지
결국, 나는 썩고 말았어
사랑은 힘들어
내가 썩은 자리에서
싹 한 쌍이

창자를 뽑아내듯이 쑥
올라오는 모양을 보면
사랑하지 않고 사는 것이
더 힘들다
그리 확신했지

슈크림 빵

반죽은 욕망처럼 부풀다가
드디어 조용해졌지
밍밍한 죽음 곁에 쓰러진
슈크림의 면모,
말하자면 정액을 내포하고 있는 고환 같은 것으로서
바닥에 털썩 주저앉은 모양새,
나의 바닐라는 너의
즐거움
나의 바닐라는 진정한 바닐라,
물컹한 이미지를 완성하지
빵 속에 크림을 두 번
빵빵하게 넣고
건드리면 즉시 터지는 울음 같은
부드러운 둔덕을 지었네
흥분하느라 여념이 없는 너에게
달달한 혓바닥 한 줌
노랗게 달뜬 그것을
넣어주었거나
뺐거나

생일

내가 나를 고를 수가 없어서
어머니에게 부탁했지
아버지가
어머니 곁에 붙어있었지

새 떼가 있는 황혼녘에

어느 저녁에,
모텔이 보이는 그런
저녁에

새들이 폭력배처럼
몰려다닌다

나는 이런 저녁이 좋다 정말
좋다
모텔의 어느 창이
주름을 펴면서
커튼이 옆으로 흐르는 것을 보았다
부러우면
진다

몰려갔던
새들이
다시 몰려왔다

그들에게 얻어맞아
>

내 볼에는
붉은 노을이 흐르고

매우 퇴폐적인 갱년기의 희망

너는 참 쉬운 남자가 아니구나
헤어진 애인 여럿이
헤어지며 이렇게 말했고 여태
헤어지지 않고 있는 아내에게도 여러 번 들었다 그러
므로 아내여 고맙다 호시

탐탐 아내는 나를 노리지만
나는 쉬운 남자가 아니므로
단호히 돌아눕는다 굿나잇
키스 정도면 몰라도 더 이상은
거부하겠다

아침 밥상머리에 앉아
김치뿐인 밥을 깨작이며 어젯밤
정숙한 나의 처신에 회의를 갖기도 하지만
씩씩하게 씩씩대지 못할 바에는
나의 평판에 금이 갈 짓은 하지 않는 게 낫다
라고 생각한다

나도 야수였던 시절이 있었다
조용한 밤공기가 방 공기를 흔들기 시작하면

누구든 도미노도미노 무너졌었다
오오, 걔는 개처럼 헐떡였어 이구
동성으로 칭송하는 목소리 드높았다

이런 과거에 관해 본인은 침묵한다
오늘 저녁 11층까지 치근대며 따라오던 계단과
고장 난 엘리베이터에 대해 말하지 않겠다
밤의 베란다에 서서
저 아래 바닥과 내 이마의 거리를 계산해보다가
쓸쓸히 거실로 돌아서는
씁쓸한 사내에 관해서도 함구다

당최 이해할 수 없다
발표하지 못할 게 뻔한
허접한 시 한 편 쓰이지 않는 피폐한 날들이
마치 같은 무늬의 벽지처럼
은밀히 연속된다는 사실은 사실이다

그러나 나는 죽지 않았다
실험용 비커 하나를 꽉 채울 분량의
용액이 내 안에 남아있음을 확신하기에

밤에 기다리면 될 것이다
베란다에 관해서도 나중에, 나중에 그럴 시간이 오면
단박에 알 수 있을 것이므로
느긋이 기다릴 작정이다, 다

잘 되었다

58세

이제
많은 걸 할 수 있는
나이가 됐다
욱신거리는 가슴을 주무르면서
스스로,

그리워할 수도 있다

그것은 행복

내가 행복할 수 있는 가능성을
꽝
대문 박차듯 열어둔다
다시 생각해보니 그것은
의외로 절실하다
생각건대 그것은
스스로 해결하지 못하는 것임이
자명하다
부탁이지만 재난지원금처럼 정부가 나서서
그것을 좀 나눠주면
고맙겠다

그것에 관한 한
나는 용빼는 재주가 없다
나이 들며 빠르게 쪼그라들고
그럴수록 애인들은 보챈다
그들의 행복지수를 생각
하면 할수록 분통이 터진다
집을 팔았고
나는 맥주를 산다
그러나 시는 팔리지 않고

가난한 애인이 닦달한다
나는 애인들에게 팁을 줄 수 없으니

거친 그들을
한시바삐 해산시켜야 하리
대단히 고약한 결정이었으나 육탄
결사대 명단을 들고 나타난 사령관처럼
나는 대문 앞에 선다
이런 일이 벌어져 몹시 유감이지만
그것을 형성하기 위해

지금은 애인들을 발표할 때

보바스기념병원

36.5도
체온 측정을 통과하고
1층 로비 오른켠 볕 잘 드는
커피숍 앞에 섰다

전면이 전부 통창이라서 와
와 떼거리로 햇빛이 몰려왔다
코로나도 뚫지 못하는 판유리를
한 방에 박살내는 저 포악한
태양에게 경례를 했다

하마터면 바보들병원으로 읽을 뻔한
보바스병원 로비에 창궐 중인
태양균에 흠뻑 감염된 나로서는
바보처럼 실실 흘리는
미량의 웃음을 참지 못했다

그런 미소를 오해해서
지나던 널스들이 마주 웃어주었다
친절하구나
나는 잠시 문병을 왔지만 문득

이 병원의 환자가 되어
저 다정한 널스들 보살핌을 받고 싶어졌다

커피숍 의자에 앉아
환자복을 입고 빈둥거리며
가급적이면 단 한 편의 시도 쓰지 말고
노골적으로 달려드는 태양에 꼴려서
굉장한 스캔들을 일으키고 싶다

이런 생각을 눈치챘는지 유리창 밖
10분 간격으로 돌아오는
7번 버스가
7분 만에 돌진해왔다, 마치
폭탄 차량을 몰고 온 테러범이
손을 봐주려는 것처럼

관심

어느 날은,
날이 화창해서 기분 째
지게 좋아 판교 아뉴브 프랑* 거리를 걷고 있는데
축!
오른 어깨 위로 무언가
떨어졌다
상공을 보니
새가 비웃으며
또한 축하하며 날아가고 있었다
나는 심호흡을 하며 차분히 가방에서 티슈를 꺼내
소령(少領) 계급장 같은
희고 물렁한 그것을
닦아냈다
나는 하나도 화나지 않았다
생각해보니 저 새는
이 거리에 횡행하는 여러 인간 중
특별히 나에게
관심 좀 받으려고 싼 것 아닐까
싶다
생각해보니 나도
일본 수출용 니트 뜨개질에 열중하는 스물 대여섯

어머니에게 안겨
축!
치마폭에 젖 먹은 똥을 쌌었다
뜨던 일본 수출용 니트를 저만치
밀어두고 어머니는
작고 의기양양한
내 엉덩이에 관심을 가지셨다

* 성남시 분당구 판교에 있는 프랑스풍 상가.

점용 씨

3월에
분갈이를 했다
지난밤
꿈에

죽은 뿌리를 뽑아내며
내 욕망과
사업과

하마터면 서정(抒情)까지 들어내려 했지만
이것으로 갈음했다
베란다에 태연히 앉아있는
여러 화분 중에
그나마 남아서 살아있는
그중에 하나를 뒤집었는데
점용 씨*가 엎질러졌다

점용 씨를 쓸어 모았다
그의 기분과
바삭바삭한 웃음까지 싹싹

모았다
통영에서 가져온 흙으로,
바닷가라 소금기가 좀은 있지만
그걸로 분갈이했다
가까스로

살려냈더니 메롱
메롱 흔!
그가 약을 올린다
나는 점용 씨가 예전에 약 올리던
은주가 아니므로
추운 계절의 수은주는 더욱 아니므로
그야말로 멘
붕이었다

꿈에 분갈이를 했는데
점용 씨가 뿌리를 들고
쑥
올라왔다, 푸들
푸들 꿈틀대는 뿌리가

뿌리째 올라왔다, 3월 초순에
분갈이를 하며 뿌리 대신

넝쿨째 눈물을 묻었다

* 김점용(1965~2021): 좋은 시인.

역린逆鱗

무서운 일이다 내 턱 아래
애인들이 모인다는 것은

내가 쓴 시

내가 쓴 시는
대부분 남지 않을 것이다

이것은 좋은 일이다

육신이 푹 썩어야
잘된 장사(葬事)이듯

내가 쓴 시는
한 삼백 년 묵은 두엄이었으면 한다

존경하는 독자들이 일동
차렷 두엄에게 경례!

정중히 인사하는 날이
까마득 왔으면 한다.

지금은,
『지금은 애인들을 발표할 때』를 읽을 때

한명희 (시인 · 강원대 교수)

I. 거대한 책략의 시집

먼저 여기까지 오신 모든 분들에게 경배를! 이 두껍고도 무거운 시집을 읽어볼 엄두를 내신 분들에게 존경을!

이처럼 두꺼운 시집을 받아 든 대개의 사람들은 이렇게 생각할 가능성이 높다. 시를 제대로 모르는 순수한 아마추어의 시집, 혹은 평생 써 모은 시들을 모아 출간해서 개인적인 기념으로 삼고자 하는 사람의 시집. 이런 식으로 이 시집을 판단한 사람들은 다음과 같이 행동할 가능성이 높다. 버리기는 뭣하고 책꽂이에 꽂기도 좀 그렇고 해서 어디 적당한 곳에 둔다. 그러다 시간이 지나면 과감히 재활용 수거함에 넣는다. 그러나 어떤 이유로든 이 시집의 시를 몇 편만 읽어본다면 금방 자신들의 판단이 아주 잘못되었음을 알게 될 것이다. 그리고 이 두꺼운 시집을 계속 읽고 있는 자신을 발견하게 될 것이다.

시 322편이면 우리가 통상적으로 "시집"이라고 하면 떠올리는 시집 네다섯 권의 분량에 해당한다. 삼백 편이 넘는 시를 굳이 한 권의 시집에 담은 이유는 무엇일까? 류흔 시인은 이미 10여 년 전에 첫 시집 『꽃의 배후』를 낸 적이 있다. 물론 그것은 적어도 시집의 형태면에서는 보통의 평범한 시집이었다. 그 시집은 한국문화예술위원회의 창작지원금을 받아서 내게 된 것이기에 시집의 내용면에서도 작품성은 어느 정도 담보된 것이라고 보아도 좋다. 그러니까 류흔 시인이 이렇게 두꺼운 시집을 내게 된 것은 나름의 '책략'이 있었기 때문이지 결코 '뭣도 모르고' 시집을 내는 것은 아니라는 말이다. 아마도 류흔 시인에게 이런 식으로 시집을 내지 마라고, 옥석을 가려서 시집을 내라고 충고 아닌 충고를 했던 사람이 나만은 아닐 것이다. 시집의 분량뿐만 아니라 다른 여러 가지 면에서도 이 시집이 지닌 '불리함'은 많다. 그러나 류흔 시인의 시들을 읽으면서 그가 두 번째 시집을 굳이 이렇게 내고야말겠다고 고집한 이유를 어렴풋이 느끼게 되었다. 그러니까 이 해설은 류흔 시인이 『지금은 애인들을 발표할 때』에 숨겨놓은 책략을 조금씩 조금씩 풀어내는 것이 될 것이다.

II. 무서웠으나 밤낮으로 찾아와 귀엣말하던 시마

내가 쓴 시는
대부분 남지 않을 것이다

이것은 좋은 일이다

육신이 푹 썩어야
잘된 장사(葬事)이듯

내가 쓴 시는
한 삼백 년 묵은 두엄이었으면 한다

존경하는 독자들이 일동
차렷 두엄에게 경례!

정중히 인사하는 날이
까마득 왔으면 한다.
— 「내가 쓴 시」 전문

　　이 시집의 제일 끝에 놓인 시를 이 시집을 이해하는 데 필요한
첫 시로 놓아보았다. 제일 마지막을 장식하는 시이지만 그가 『지
금은 애인들을 발표할 때』를 세상에 내보내면서 하는 염원 같은
것이 담긴 시라고 생각되어서다. 시의 제목은 위에서 보시는 것처
럼 "내가 쓴 시"다. 어조는 부드럽고 아주 겸손해 보이지만 이 시
에 들어있는 생각은 결코 겸손하지 않다. 오히려 지나치다싶게 거
만하다. 시인은 자신이 쓴 시가 "대부분 남지 않을 것이다"라고
한다. 이것은 무슨 말인가? 대부분은 남지 않지만 그래도 일부는
남을 것이라는 말이 아닌가. 거기다 그는 독자들이 자신의 시를
향해 "정중히 인사하는 날이 / 까마득 왔으면 한다"고 말한다.

그가 '존경하는 독자'라고 칭한 사람들은 자신의 시를 알아보는 독자들일 것인데, 이들이 자신의 시를 향해서 '삼백 년 묵은 두엄'을 대하듯 대해주었으면 한다는 것이다. 한두 세대가 지나서가 아니고 현재는 더더욱 아니고 삼백 년이나 묵은 두엄에 자신의 시를 비유하는 것은 무슨 이유일까? 여기에는 내 시는 삼백 년 후에나 독자들이 제대로 알아보리라는 생각이 분명 숨어 있다.

「내가 쓴 시」는 이 시집의 '맺음말'이자 '여는 말'이기도 한 것인데, 시집 곳곳에서 드러나는 시인으로서의 이러한 자의식이 '꽈잉'으로 느껴지지 않는 것은 그의 소망이 은근하고도 진실성 있기 때문이다. 삼백 년 후에도 당연히 시가 읽히고 시의 독자들이 있을 것이라는 생각, 또 좋은 시를 알아 모시는 독자들이 있을 것이라는 생각은 시라는 예술 장르를 위해서도 꼭 필요한 것이다. 이렇게 시의 힘이 점점 미약해져가는 시대일수록 말이다. 「내가 쓴 시」가 아니더라도 시집 곳곳에서 류흔 시인이 시를 대하는 태도를 발견할 수 있다.

오랜 벗에게서 전화가 왔네
조용하고 외진 곳에
잘 있다 말하려다 하지 않았네
뒤란 대숲 서걱대는 소리를 들으며
끝내 주소를 일러주지 않음도
참 잘한 일이다 싶네
문지방을 넘어온 그늘이 양말을 적셨으므로
나는 그것을 벗어 구석에 놓고 나서

뒤로 벌렁 누웠네

천장은 하늘만큼 높고

생활은 바닥같이 낮으니

부러 시 쓰려 애쓰지 않는다네

열어놓은 쪽창 밖으로

하늘에 우거지는 구름을 바라보고 있을 때

쓰르라미 울음인지

오전에 든 벗의 목소리를 내려놓고 나서

볼륨을 낮춰놓은 전화벨 소리인지

낮은 그곳으로 고개를 돌리네

— 「오랜 벗에게서」 전문

　잠시 앞서 얘기했던 그의 첫 시집 『꽃의 배후』를 보면 「시인」이라는 시가 시집의 첫 페이지를 장식한다. 거기서 시인은 "신 내리듯 시 내린 사람"이라고 한다. 시가 자신의 의지대로 되는 것이 아니라 무엇에 사로잡혀서 쓰지 않을 수 없게 되는 것임을 갈파한 사람 중에 가장 잘 알려진 사람은 이규보일 텐데 류흔 시인 역시 "시마(詩魔)"가 찾아옴을, 또 시마가 찾아오기를 갈구하고 있음을 「뜯해진 것」에서 얘기하고 있다. "무서웠으나 밤낮으로 찾아와 귀엣말하던 / 시마"라고 한 것으로 보아 시마에게 붙들린 것이 일종의 운명 같은 것이라고 어렴풋이 느끼고 있음을 알 수 있다. 신이 내려서 시를 쓰는 것이라면, 시마에 사로잡혀 쓰지 않을 수 없게 되는 것이라면 류흔 시인의 '절필 선언'은 결코 유효할 수 없다.

그때 글을 써서 좋았다
지금 글을 쓰지 않아 좋다

전신(全身)에 햇빛을 뒤집어쓰고
천천히 걸어가고 있는
빈 들이 좋다

가벼운 숨소리와
여윈 기척으로도 관목 속 작은
벌레들을 미쳐 날뛰게 할 수 있다니!

옷깃을 여몄으나 몇몇 벌레는 나를 통과해
다른 숲으로 숨어든다
다시 글을 써야 할까

저 벌레들처럼 날뛰다가
책상 밑으로 숨었을 때
비로소 청춘을 잊은 안도에 젖었었다

그때 살아있으니 좋았다
지금 죽지 못해서 좋다
　—「절필」 전문

이렇게 아름다운 시 「절필」이 완성되는 순간 시인이 자신의 '천재'를 알아보고 다시 시를 쓰는 모습을 상상해본다. 아마도 류흔 시인은 수시로 절필하고 수시로 절필 선언을 번복하고 있으리라. 시마가 찾아와서 시를 쓰고 시마가 찾아오지 않아 괴롭다며 시를 쓰니 어떻게 절필이 가능할 수 있을까? 아, 재미삼아 한 가지 첨언해두자. 시마에 사로잡혔던 대선배 시인 이규보는 자신에 들러붙는 세 가지 마인 '시마, 색마, 주마' 중에서 색마는 물리칠 수 있으나 시마와 주마는 평생 물리칠 수 없다고 한 바 있다. 그리고 주마 때문에 생긴 일들에 대해 반성하는 글도 많이 남겼다. 시대가 변해도 한참 변해서 이규보로부터 수백 세기가 흘렀으니 시마만 불러들이고 주마와 색마는 가까이하지 말자.

III. 한가한 서정주의자의 독백

『지금은 애인들을 발표할 때』는 모두 8부로 이루어져 있는데, 8부의 제목은 "서정에 꼴려서"다. 우리가 서정적이다 서정시다고 말할 때 바로 그 '서정'에 꼴려서다. 얘기가 옆길로 잠깐 새겠지만 말이 난 김에 여기서 하고 가자. 보통의 경우 시집 제목은 시집 속 좋은 시의 제목을 그대로 따서 붙인다. 물론 아닌 경우도 많지만 그런 경우가 압도적으로 많다는 말이다. 각 부의 제목도 마찬가지다. 그 부에 속하는 시들 중에서 그 부의 분위기를 대표할 만한 시의 제목을 그 부의 제목으로 한다. 그런데 『지금은 애인들을 발표할 때』는 이런 식으로는 제목을 붙이지 않았다. 시집 제목이며 각 부의 제목 모두 시 속의 구절들에서 뽑아냈다. 당연히 류흔 시인의 '거대한 책략'의 일부다. 사실 나의 해설의 각 부별 제목도 파트 1을 제외하고는 그의 시 구절에서 빌려다 쓴 것이다. 다시 '서정'으로 돌아가자. 『지금은 애인들을 발표할 때』 8부의 제목 그대로 그는 "서정에 꼴려서" 시를 쓰고 있는 사람이다. 다음에 인용할 시는 류흔 시인이 어떻게 서정에 꼴리게 되었는지를 잘 보여준다.

생생히 기억하는데
소백산 아래 영주동부국민학교 오 학년 겨울방학 때
나는 서정주 씨의 시를 읽고
나도 서정주의 시인이 돼야겠다, 마당으로 뛰쳐나가 폭설 맞으며
결심했었다

서정에 꼴려서
화사한 꽃뱀인 줄 모르고 혹
했었다

내 애비는 종이 아니었지만
내 애비는 종보다 못한
철도원이었다
나를 키운 건 팔 할이 기적(汽笛)이고
중앙선 비둘기호가 물어 온
구구단이 틀리는 즉시 입술이 터졌다

손톱이 붉은 에미의 자화상이 바로
나였으니
휴천동(休川洞) 집 뜰에는 망할 봉숭아가 피고
지고 피고

지고 지고 지고
육군 오장(伍長) 마쓰이 오데이가
지고
아득히 파도 소리에 지고

나는 누군가에게 져버린 국화꽃 한 송이를
놓는다
어려서 죽은 내 누이에게도 주지 못한
꽃을 바쳤다

숭고이 죽은 시인을 위해
함부로 살아남은 시인이
모든 서정에 바친다

서정이여
시인이여, 어쩌다 한 번은
흥하라!
— 「서정이여 흥하라」 전문

류흔 시인의 시의 화자의 개성은 대부분 시인 자신의 개성과 일치하는 것으로 보이므로 나는 그의 시의 화자를 그냥 시인으로 대체하거나 혼용해서 읽기로 한다. 「서정이여 흥하라」는 그가 왜 서정에 주목하게 되었는지를 알려주기도 하지만 더 중요하게는 그가 어떻게 시인이 되었는지를 보여준다. 서정을 이야기하는 이 시를 서사적으로 요약하자면 국민학교 5학년 겨울방학 때 시인 '서정주'의 시를 읽고 서정주의 시인이 되기로 결심한 것이다. 「화사」니 「자화상」이니 「국화 옆에서」니 하는 서정주의 명시들이 동원되기도 하지만 이것은 결국 류흔 시인의 시이고 그가 어떻게 서정주의 시인이 되었는가를 보여주는 것이다.

국민학교 5학년 때의 그 결심은 근 50년 동안 변하지 않아서 여전히 그에게 서정주는 시인의 대명사이고 서정시는 시의 대명사이다. 그러하기에 그는 많은 시인들이 꺼내기 두려워하는 미당의 시 「송정오장 송가」까지도 과감히 꺼낼 수 있는 것이다. 「송정오장 송가」에 나오는 "육군 오장 마쓰이 히데오"가 류흔의 시 「서정이여 흥하라」에서는 "육군 오장 마쓰이 오데이"로 변하는 것이 단순한 오기인지 이마저도 '책략'의 일부인지는 잘 모르겠다. 아무튼 "서정이여 / 시인이여, 어쩌다 한 번은 / 흥하라!"는 주문은 자기 자신을 향한 염원임에는 틀림이 없다. 나의 시여. 한 번은 흥하라!

시인으로서의 자의식이 드러나는 시를 많이 쓰는 시인들은 자신의 '시론'을 시로 쓰기도 한다. 류흔 시인의 경우 그러한 시가 많지는 않지만 그가 생각하는 좋은 시가 어떤 것인지를 보여주는 시가 있어 소개하기로 한다.

누구의 시든
맛있는 시를 한 잔 마시면

그게 몸에서 빠져나가는데
한참 걸린다

막걸리를 한 통 마시고 얼마
안 가 불알을 내어 빼내듯이

길게 뽑는다 길게
내질러야 시원하다

아내와 그러하듯
그녀 신음이 길어져야

잘된 아침이 온다
칭찬받는 시가 된다
— 「몸시」 전문

　그가 생각하는 좋은 시는 몸에 들어와서는 오래 머무는 시이다. 그게 몸에서 빠져나가기까지 오래 걸리는 시다. 몸에 오래 머문다고 해서 '몸시'다. 그러나 몸에 가두어두는 시는 아니다. 내지를 땐 길게 내지를 수 있는 시다. 몸에서 나와서 '몸시'다. 그래서 그가 어떤 몸시를 썼냐고 묻는 사람들에게 나는 이 깔끔한 시

「키스」를 보여주겠다. 이렇게 짧으면서 이렇게 많은 상상을 불러일으킬 수 있다니!

네 개의 다리가 서있다
검고 무거운

밤하늘을 버티면서
— 「키스」 전문

「키스」에 감동한 사람들에게 더불어 「무인도」를 보여주겠다. 류흔 시인이 「키스」처럼 감각적인 시에만 능한 것이 아니라 비유에도 뛰어나며 깊은 사유의 시를 쓰는 사람임을 보여주겠다.

섬 하나를 사야겠다
지도에 나와 있거나
나와 있지 않아도 상관없는
섬을 사야겠다 로빈슨과
크루소처럼 알콩
달콩 이웃하여 사는 섬
지는 석양을 보며 크아
소주 한 잔 나눌 수 있는 섬
죽음을 향하여

천천히 헤엄쳐가는 거북등 섬을 사야겠다
그러면 무인도는
무인도가 아니겠지
그래, 세상 인연 다 떼놓고 가야겠다
모자를 푹 눌러쓰고
현금인출기를 찾는 범인처럼
아무도 없는 모래톱으로
잠입하는 밀물처럼
―「무인도」 전문

IV. 죽은 아버지의 영혼

류흔 시인에 끼친 미당 서정주의 영향에 주목하느라 그를 시인으로 만든 다른 요인들에는 주목하지 못했다.「서정이여 흥하라」에는 그의 불행한 가족사가 나온다. 철도원 아버지, 손톱이 붉은 어머니, 폭력, 어려서 죽은 누이 등. 내가 류흔 시인과 그의 시의 화자들을 따로 분리하지 않고 있기에 시의 문면을 그대로 믿는 나의 순진함을 걱정하는 독자들이 있으리라 생각된다. 그러나 나는 그의 전기적 사실에는 관심이 없다. 나는 그의 시에 드러나는 심리적 현실에 주목하자는 것이다.

많은 시인들이 시에서 어릴 적 가난과 불행을 얘기하고, 실제로 그것이 시의 동인이 되기도 하는 모양이지만 류흔 시인의 그것은 유난한 데가 있다. 특히 아버지와의 불화가 그렇다.

내가 나를 고를 수가 없어서
어머니에게 부탁했지
아버지가
어머니 곁에 붙어있었지
— 「생일」 전문

어느 순간은 내가 시인인 줄 모르고
시를 쓴 적 있지마는

내가 아들인 줄 알고도
아버지가 고개를 돌리셨다
— 「기일」 전문

　이 두 시를 인용하는 것만으로도 그와 아버지의 관계가 또렷이
그려지지 싶다. 「생일」은 그가 태어날 때를, 「기일」은 아버지가 돌
아가신 이후를 시간적 배경으로 하고 있는데 이 두 시의 주제는
아버지와의 갈등이다. 「생일」을 보면 아버지는 나와 어머니 사이에
끼어든 불순물 같은 존재이다. 어머니에게 나를 골라달라고 부탁
했건만 아버지가 어머니 곁에 붙어있어 나의 요청은 굴절되고 만
다. 정자와 난자가 만나는 순간부터 나와 어머니의 이자(二者) 관
계는 깨어지고 어머니, 아버지, 나의 삼자(三者) 관계가 형성되는
데 이 삼자 관계는 '나'가 원했던 것이 아니어서 갈등의 요소를 지

닐 수밖에 없는 것이다. 수태의 순간 시작된 아버지와의 갈등은 평생을 지속되는 한편 아버지가 죽고 나서도 해결되지 않는다. 사람이 죽으면 원수지간도 화해를 하는 것이 인지상정이다. 그리고 산 사람의 희망이 많이 반영된 것이겠지만 누구든 죽음의 순간이 다가오면 미워했던 사람도 용서하고 화해의 손길을 먼저 내밀 것이라고들 생각한다. 더구나 그 용서의 대상이 자식이라면 죽어서도 네가 잘 되도록 지켜주마 하고 눈을 감는 그런 감동적인 모습을 기대하게 된다. 그러나 이러한 낭만적인 기대와는 달리 화자의 아버지는 자신의 "기일"에 대면한 아들에게서 "고개를 돌리"신다.

『지금은 애인들을 발표할 때』에는 "기일"이라는 제목의 시가 여러 편 실려 있다. 그리고 그것은 대부분 아버지의 기일과 관련된 것이다. 그리고 한결같이 이 시들에서 시인과 고인은 화해하지 못하고 있다. 죽어서도 화해할 수 없는 부자지간의 이 불화는 어디서 비롯된 것일까? 아니, 질문을 바꾸어야 한다. 아버지는 왜 죽어서도 아들을 외면하는가? 시간을 끌지 말고 바로 답하자. 시 때문이다. "기일"이라는 제목이 붙은 시들은 모두 '아버지'와 관련이 있지만 '시'와도 관련이 있다. 위에서 인용한 「기일」에서 시인은 고백한다. "내가 시인인 줄 모르고 / 시를 쓴 적 있"다고. 그리고 그것은 아버지가 "아들인 줄 알고도 / 고개를 돌리"는 것과 연관된다. 연관된다고 시인은 생각한다.

프로이트 식으로 보면 죽은 아버지가 아들을 외면한다는 것은 아들의 아버지에 대한 죄의식이 투영된 것이다. 류흔 시인에게서 그 죄의식은 시를 쓰는 것에서 촉발된다는 것이 특징적이다.

나는 슬픔의 천적!
죽은 아버지의 영혼과
죽은 아버지가 다시 태어난 가정(家庭)의 좌표를 알고자
나는 결코 도배사를 부르지 않으리
새로 붙인 야광별을 향해 걷고
걸어서 당도한 천장 아래
— 「기일」부분

널배가 갯벌에다 여러 갈래로 길을 내며 달리듯
방향제가 방안에 미끄러진다
이런 향을 맡으며
하릴없이 헤매다보면 죽는 길은 요원했다
사는 길
쪽으로 흠흠 냄새를 맡는다
어버이가 기뻐한다
어버이 중 한 사람을 불태웠었지

이렇게 사는 게 어려워서
아버지를 버렸지
나는 언제쯤 아버지에게서 버려질 수 있을까
엎드려서 이런저런 물음에다
헛제삿밥 비비듯 대답을 버무리고 있는데

아버지가 병풍 뒤에서 헛기침을 했다
— 「기일」 부분

  긴 시를 무지막지하게 잘라서 인용하다보니 시의 많은 부분이
훼손되었고 '기일'이 '시'와 연관된다는 것이 선명하지 않지만 적어
도 두 「기일」은 화자의 아버지에 대한 죄의식과, 자신이 버릴 수밖
에 없었던 아버지지만 그럼에도 불구하고 아버지와의 화해를 갈
망하고 있음을 보여주기에는 부족함이 없다고 생각된다. 아들에
게서 버려졌지만 아들을 버리지 않는 아버지, 다시 누군가의 가정
에서 태어날 아버지는 결국 자신이 버린 아버지와 화해하고픈 시
인의 소망의 투영이다. "그간 아버지를 잃었으며 / 아버지는 여전
히 조언이 없으시다"(「근황」), "죽은 아버지에게는 죽어서도 지겠
지"(「축구 졌다」), "아버지는 내게 삶을 주려고 / 숨을 멈춘 후 /
공기를 남기고 가셨다"(「숨」), "어느 날 아버지가 내게 생일을 남
겨주었다"(「오늘」) 등 무수한 시에서 볼 수 있는 것처럼 그에게 아
버지는 죽었으나 죽지 않은 실존재이다.

  하루살이는 대개
  하루보다는 많이 산다

  이틀이나 사흘은 산다는데
  그렇다면 하루살이는
  이틀이나 사흘살이로 고쳐야 하지 않을까

백 년만 사는 나로서는
하루살이처럼 두세 배 살아서
이백 년 삼백 년 살고 싶다

하루살이의 진실을 알지 못하고
몇 해 전에 돌아가신
아버지가 생각났다
　　　　　　　　　　　— 「세 배 살이」 전문

　류흔 시인의 모든 시들은 누구보다도 먼저 아버지에게 바쳐진
것들이다. 아버지에게 인정받지 못하는 것은 누구에게도 인정받
지 못하는 것이다. 이 시 「세 배 살이」는 표층적으로는 "하루살이
의 진실을 알지 못하고 / 몇 해 전에 돌아가신 / 아버지"에 대한
그리움을 노래한 것으로 이해되지만 이 시가 내포하고 있는 것들
은 아주 많다. '하루살이'는 시인의 삶의 방식을 은유적으로 표
현한 것이다. 그가 '하루살이'라는 말보다는 '이틀이나 사흘살이'
로 불리기를 바라는 것으로 봐서 '하루살이'는 타인이 그의 삶의
방식을 규정한 것일 뿐 그가 느끼는 자신의 삶의 실체와는 다르
다. 생물체로서의 '하루살이'가 이틀이나 사흘은 사는 것처럼 비
유체로서의 '하루살이'인 자신도 사실은 하루 벌어도 이삼 일은
살 수가 있다는 것이다. 「신신파스」나 「바스 인테리어」에서 보여주
는 것처럼 하루살이의 일상이 고된 것임에는 틀림이 없으나 그만
큼 그는 하루를 진실되게 산다. 다른 시 「오늘」에서 그는 "사활을

걸고 하루를 사는 나를 보고 / 오늘이 '하루살이'라고 나를 부른 다"고 한 바 있다. 이것이 끝내 아버지는 알지 못했던 하루살이의 진실이다.

이쯤이면 이 해설의 제일 앞에서 인용했던 시 「내가 쓴 시」에서 '삼백 년' 운운한 구절이 떠오를 것이다. 왜 삼백 년 후에 독자들 이 그의 시에 경례해주기를 바랐던 것인지 이 시를 통해 설명이 가 능하다. 인간이 백 년을 산다고 할 때 자신은 '하루살이'처럼 살 았으니 실제로는 이삼백 년을 살 것이고 그렇다면 삼백 년 후 쯤 이면 자신의 시를 사람들이 알아보지 않겠느냐는 것이다. 이토록 류흔 시인에게서 시는 삶과 떼려고 해야 뗄 수 없는 것이고 또 그 것은 그를 온통 사로잡고 있는 유일무이한 욕망이다.

이렇게 좋은 시를, 이렇게 열심히 쓰는 시인을 시인의 아버지는 아직도 용서하지 않고 있을까? 용서라는 말이 너무 무겁다면, 아 직도 이해하지 못하고 있을까로 바꾸겠다. 충분히 이해하고 있다 고, 이해하고도 남는다고 믿고 싶지만 그렇지 않더라도 할 수 없 다. 남자 아이가 '아버지 살해'를 하지 않고 어떻게 어른이 되겠는 가. 어떻게 어른이 되어 가정을 꾸리고 아이를 낳겠는가. 아버지도 결국은 그의 아버지를 살해하고 나서 나의 아버지가 되지 않았던 가.

V. 두 번째 첫사랑

프로이트에다가 '아버지 살해'까지 거론하면서 왜 '오이디푸스 콤플렉스'가 나오지 않는지 궁금한 사람들도 있을 것이다. 이제 바로 그 '오이디푸스 콤플렉스'를 이야기할 차례다. 그러나 프로이트를 신봉하지 않거나 혹 프로이트를 의심하는 사람들도 거부 반응을 일으킬 필요는 없다. 또한 '오이디푸스 콤플렉스'가 무엇인지 모르는 사람들도 겁낼 것은 없다. 나는 가능한 한 그런 단어를 쓰지 않고 류훈의 시를 설명해보려고 한다. 다만 앞에서 인용했던 시 「생일」을 다시 한 번 읽어두자. "내가 나를 고를 수가 없어서 / 어머니에게 부탁했지 / 아버지가 / 어머니 곁에 붙어있었지".

너는 엄마를 착취하며 살아왔다 너는
엄마에게 평생 빵을 뜯었으며
그녀의 젖통을 함부로 주물렀다
뇌신 이후 그녀 젖꼭지는 온전할 수 있었겠다
영세한 엄마라도 가동해야 살아가는 너는
몹시 비루하며 경공업적인 놈
솔직히 말해서 솔직하지 못했던 아버지가
급진적으로 퇴행하며 너는
아버지가 죽었다라고 솔직히 말할 수 있겠다

너는 엎어진 밥그릇 위에 재빨리 잔디를 심었다
어떤 신간(新刊)은 주목받아야 마땅하듯이
근간에 땅속으로 입봉한 아버지는
모든 조문객의 관심사였다
너는 아버지의 급변을 그녀에게 알리지 않았다
반드시 빌어져야 하는 명복이지만

너는 엄마를 기만했다
엄마는 울기 위해 눈물을 훔쳤는데

너는 입술을 훔쳤다
거리는 비밀리에 훔칠 소문이 넘쳐나
심심하지 않았다 아버지가 없어졌음에도 문득
시가 지어졌다
울음 대신 변죽을 울렸으니 결정적으로
엄마가 울었겠다
우는 엄마가 계속 울 수 있도록 너는 독려하겠지
그렇게 하도록 버려두는 너는

나다
— 「너는」 전문

이 시는 '너'라고 호칭되는 '나'와 '엄마', '아버지' 세 사람의 관계를 보여준다. 이미 앞 장에서 얘기한 적이 있는 그 삼자 관계말이다. 내가 '가족 관계'라고 말하지 않는 것은 이들이 묘한 '삼각관계'에 놓여있기 때문이다. 나는 엄마를 사랑하지만 엄마는 아버지를 사랑한다. '나'가 평생 엄마의 "젖통을 함부로 주"무르면서 살았다고 해도 엄마가 아버지의 여자라는 사실은 변하지 않는다. '나'가 아버지의 급변, 즉 사망 소식을 그녀에게 알리지 않은 '기만'을 저지르는 것도 엄마의 애정이 아버지에게로 흐르는 것을 막으려는 조치일 것이다. '나'에게는 "아버지가 없어졌음"은 전혀 문제가 되지 않고 입술을 훔친 사실, 그리고 변죽을 울림으로써 엄마가 운다는 사실만이 문제된다.

내 무릎에 어머니가 앉아서 토닥
토닥 등을 두드린다
하나의 종(種)으로써 관조할 거야
전반적으로 조용하던 밤이 부스럭댄다 죽지 말라고;
솔직히 어머니가 죽지 않았으면 한다
밤을 눈물 쪽으로 옮긴다
새벽이 되어 흐르는 방울을 보라
너도밤나무처럼 다년생 슬픔들이 돋아있다
나도 그러하냐?
미량의 관능도 용서치 않을 거야
정직한 신음은 정상위에서 흘러나오지
나는 시험에 들었으므로 대학에 가서
미학을 배웠다 아름답고
다정한 원소(元素)를 골고루 나눠주었다
내 무릎에 애인들이 앉아서
셔츠 안으로 쏙 손가락을 넣어 젖꼭판을 슬
슬 문지를 때 나는
또 하나의 종을 염두에 두었다; 외부에서
내부로 탈출하는 우세한 감정의 무리들
저 온유한 쾌락을 무어라 명명하지?
시간은 콸콸 추억 깊은 계곡에서 흘러나와

다리 아래로 품위 없이 지나갔다
지금은 누군가 내 무릎에 앉아
제대로 등이나 갈겼는지 알 수 없다
　　　―「내 무릎에 앉아」 전문

　어머니와 시인의 관계에 대해 이야기하고 있는 맥락에서 보자면 이 시에서 주목해야 할 것은 '어머니'가 '애인'으로 변주되어 나타난다는 것이다. 이 시는 크게 세 부분으로 나누어도 좋을 듯한데 하나는 1행에서 14행까지이고 그 다음은 15행에서 22행까지, 그리고 마지막 두 행이 그것이다. 편의상 이 세 부분을 각각 1연, 2연, 3연이라고 해보자. 1연은 내 무릎에 어머니가 앉아서 등을 토닥토닥 두드리는 상황, 2연은 내 무릎에 애인들이 앉아서 나의 젖꼭판을 문지르는 상황을 그리고 있고 3연은 지금은 누군가 내 무릎에 앉아 제대로 등을 갈겼는지 알 수 없는 상황을 토로하고 있다. 시인의 무릎에 앉아있던 '어머니'는 그대로 '애인'으로 대치되고 있는데 특히 두 여성과의 사이에서 모두 관능성이 엿보인다는 점도 주목된다.

　사실, 『지금은 애인들을 발표할 때』에는 시집 제목처럼 애인들에 관한 시가 많다. 그리고 그것은 현재 진행형인 연애에 관한 이야기가 아니라 첫사랑에 대한 그리움에 관한 것이 대부분이다. 다시 한 번 첫사랑의 감정을 느끼고 싶다는 욕망은 "내 무릎에 어머니가 앉아서 등을 토닥토닥 두드리던" 때로 돌아가고 싶다는 욕망과 다르지 않다. 「너는」에서 아버지가 있지만 엄마의 젖꼭지를 차지하던, 그래서 입술을 훔치던 그 욕망이 바로 두 번째 첫사랑에 대한 욕망이다.

　그 사랑을 나는
애써
기억하지 않으련다

내가 잃은 아무것도 아닌 사랑이

마침내 찾아온 두 번째 사랑에게

지워질까 봐
—「첫사랑」 전문

무거운 구름들이 낙하하지 않은 채
가벼이 흘러갔지

이것은 묘기에 가깝다

방탕한 청춘을 더는 더럽히지 말자고
다짐하며 살아왔던 것

이것은 실로 기적이다

첫사랑 후에
여러 사랑이 뒤를 따랐으나 모두 흩어졌고
담벼락에 가까스로 기대섰던
늙은 석류는 베어졌겠지

구름과
청춘은 달과 같이
부러 권하지 않아도 떠있어
더는 이 언덕에 내려오지 않는다

이별은 두 개의 별
그간 아버지가 하늘로 총총하셨으니
그의 별 옆에
눈물 반짝여 별 하나 올려야겠다
— 「옛 언덕에 올라」 전문

첫사랑은 이루어지기 어렵다고 흔히들 말하지만 류흔 시인의
첫사랑을 이루지 못한 슬픔은 유난하다. 그러나 첫사랑이 어떠했
는지 왜 첫사랑과 헤어졌는지를 알아내기란 쉽지 않다. 혹시 그것
은 호명할 수 없는 누군가, 류흔 시인의 상징적인 이미지 같은 것
은 아닐까? 류흔 시에 나타내는 수많은 애인들을 모두 실체적 현
존으로 받아들일 수 없는 것처럼 그의 첫사랑의 대상도 그런 것
은 아닐까?

앞에서 인용했던 시 「내 무릎에 앉아」에서 시인이 무릎에 앉은

사람을 어머니에서 애인으로 바꿔놓은 것처럼 위의 두 시도 그렇게 만드는 것이 가능하다. '첫사랑'을 '연인'으로 생각하고 한 번 읽어보고 '어머니'로 생각하고 다시 한 번 읽어보자. 그러면 이 두 시를 비롯해 류흔 시인의 시를 이해하기가 한결 쉬워질 것이다. 우선 첫사랑의 상실을 그렇게 많이, 자주 이야기하면서 첫사랑의 구체적인 이미지가 시집 속에 왜 나타나지 않은지 설명하기가 쉽다. 그리고 인용한 두 번째 시 「옛 언덕에 올라」에서 왜 '아버지의 죽음'과 '첫사랑의 상실'이 각각 하나의 별이 되어 나란히 하늘에 올려질 수 있는 것인지를 설명할 수 있게 된다.

이쯤에서 「근황 – 2월」 같은 시를 다시 읽어보면 류흔 시인에게서 애인 이미지는 언제든 어머니의 이미지로 대치될 있음을 알 수 있다. "애인이 한 명 더 있으면 좋겠는데 / 이것은 분명한 사치겠지 / 오늘은 겨울이어서 춥지만 / 가까운 데 어머니 살아계시니 / 괜찮은 세월이다". 이 시에서 '어머니'는 분명한 '애인'의 대치물이다.

이번 장을 끝내기 전에 오이디푸스 콤플렉스라는 말을 딱 한 번만 더 쓰기로 하자. 류흔 시인의 오이디푸스 콤플렉스가 시적으로 아름답게 승화된 시의 결정판으로 「엄마는 태어나리라」를 적어두고 싶다.

나는 엄마의 아들이고
자궁이 없으므로
내가 태어나려면 엄마도 태어나야 한다

먼 훗날에라도

엄마야, 다시 태어나라 꼭
— 「엄마는 태어나리라」 전문

VI. 삼세번은 살아야 한다

여기까지 쓰고도 류흔 시인이 『지금은 애인들을 발표할 때』에 숨겨놓은 책략들을 속 시원히 설명해내지 못했다고 생각하니 마음이 바빠진다. 짚고 넘어가야 할 것들을 빨리빨리 얘기해야만 하는 시간이 온 것이다. 류흔 시인의 시를 읽는 독자들의 눈길을 사로잡는 것 중 하나는 그의 시에 수시로 나타나는 '언어유희'다. 언어유희에 있어서 그의 능력은 가히 독보적이라고 해도 좋다. 시의 수많은 기법 중에서도 하필이면 '언어유희'는 유달리 대접을 못 받고 있는 것이 사실이다. 이름 그대로 '말장난'쯤으로 치부되는 경향이 있는 것이다. 수사학이 중요했던 시대에는 '말장난'도 시의 당당한 기법으로 인정되었으나 현대에 올수록 그 힘을 잃어가고 있다. 그런데 언어유희도 류흔 시인의 것쯤 되면 그 대하는 태도를 고쳐야 하지 않을까 싶다.

학교에선 내 딸을 스카웃해서 캠프를 간단다
그래, 내 딸은 스카웃당할 만하지
잘 본 것이야
나는 딸이 자랑스러운 걸스카웃의 아버지
아래층 아이는 보이스카웃이란다

보이스카웃보다는 위에 사니 걸스카웃이 더 높지
나는 더욱 자랑스러워져서
쌀과 참치 캔, 꽁치 캔, 고등어 캔, 닭 가슴살 캔, 개구리 뒷다리
캔, 고양이 울음 캔, 무슨 캔, 캔
캔들을 배낭에 넣어주며 can
캔은 뭐뭐 할 수 있다는 뜻, 그러니 용기를 내렴
딸아, 거얼 스카우트야
남은 쌀이 없으므로 네 엄마는 쌀쌀해질 테지만
그래도 복숭아 캔 하나는 남겼으니
우리 집은 도원(桃園)이구나

아, 나의 딸아
캔들이 덜그럭대면 쌀알이 곤두설 테니
뛰어가진 말거라
넘어지지 말거라
—「캔」 전문

이 시에는 '걸스카웃'과 '스카웃', '통조림 캔'과 할 수 있다는 뜻
의 영어 'can', '쌀'과 '쌀쌀하다', '복숭아'와 '도원'이 절묘하게 결
합되어 있다. 시의 부분부분에 수사적으로 드러나는 언어유희 말
고 시 전체를 통어하는 언어유희를 이렇게 잘 구사하는 시인이 우
리나라에 또 있었나 싶다. 이러한 언어유희를 만들어내려면 일단
걸스카우트와 보이스카우트에 대한 배경 지식이 있어야 한다. 스
카우트들의 트레이드마크 같은 '캠프' 문화에 대해서도 알고 있어

야 한다는 말이다. 그 다음 '스카우트'라는 영어 단어가 우수한 인재를 물색하고 발탁하는 일을 뜻함을 알고 있어야 하고 그것을 즉각적으로 걸스카우트와 연결 지을 수 있어야 한다. 'can'이라는 영어 동사를 알고 있어야 하고 그 'can'이 명사로는 통조림을 뜻한다는 것도 알고 있어야 한다. 그뿐인가. 복숭아 통조림이 있다는 사실과 함께 '무릉도원'이 이상향 혹은 별천지를 비유한 곳으로 여기는 복숭아꽃이 만발한 곳이라는 점도 알아야 한다. 그리고 '쌀쌀하다'는 형용사가 명사 '쌀'과 같은 음가를 지니고 있음도 알아야 한다. 물론 류흔 시인이 시를 쓰면서 나처럼 복잡하게 생각했을 리는 없다. 아마도 이 모든 것은 거의 자동반사적으로 튀어나왔을 것이다.

그는 왜 이렇게 언어유희를 시 속에서 자주 구사하게 된 것일까? 나는 그가 이러한 언어유희를 통해서 삶의 비의를 견디는 것이라고 생각한다. 집에 남은 쌀이 없는 상황, 그래서 "네 엄마는 쌀쌀해 질"것이 예상되는 상황을 견디어보려는 것이다. 쌀이 떨어진 형편이라면 걸스카웃인 딸을 캠프에 보내는 것도 여간 어려운 일이 아닐 것이다. 딸은 캠프를 가야 하고 집에 쌀이 떨어진 상황에서 한 가정의 가장이 할 수 있는 일은 무엇일까? 류흔 시인이 택한 것은 바로 '언어유희'다. 언어유희가 "우리 집"을 "도원"으로 만드는 것이다.

친절은 끔찍했다
편의점은 오늘도 편치 않았고
무심코 내려놓은 발바닥 아래

약속과 함께 보도블록이 기우뚱거렸다
충무로에서 동국대학교 후문을 구경하며
신라호텔에 도착했다 신라는
신나 라고 발음하면 안 된다 신라는
실라 라고 읽음이 옳다 실라호텔에는
준마를 맡기고 투숙한 화랑이 많다
객실 창문을 하나둘 커튼이 지워갈 때
신부들은 다투어 잠옷으로 갈아입는다
지배인이 친절히 인사를 했다
인사가 만사였으므로
나도 예의바르게 인사해주었다
나는 화랑도 신랑도 아닌
이 나라의 평범한 낭도지만
결코 그에게 지배당하지 않겠노라 다짐했다
결국 실라는 망했다 줄여서
실망
마침내 관창이 애마에게 업혀 돌아왔을 때
나는 커피숍에서 단테를 읽고 있었다
단테가 방금 신곡을 발표했다
기다리며 들은 단테의 노래는 지루하고 느려서 안
단테 안단테
고민 끝에 아메리카노를 주문했으니
미국은 아니라는 결론이다
트럼프와 노름이 무에 다른가
지옥과 천국의 거리는 어떠한가

베아트리체와 선덕은?
그의 브리핑을 들어야 하는데
계백은 여태 황산벌에서 오지 않고 있다
— 「신라호텔에서 약속했다」 전문

「신라호텔에서 약속했다」에 나타나는 언어유희를 읽는 방법도 위의 시 「캔」을 읽는 방법과 별반 다르지 않다. 한국사 지식과 이탈리아 문학에 대한 이해와 미국 정치에 대한 정보가 없었다면 이 시를 쓸 수 없었겠지만 여기서는 그것에 대한 설명은 건너뛰기로 하자. 왜 이 시에는 '신라'와 '실라', '화랑'과 '신랑' 및 '낭도', '단테'와 '안단테', '아메리카노'와 '미국', '트럼프'와 '노름' 등의 언어유희가 난무하는가에 대해서만 이야기하기로 하자. 이 시의 전언은 화자가 신라호텔 커피숍에서 누군가와 만나 브리핑을 듣기로 약속을 했는데 그 당사자가 나타나지 않고 있다는 것이다. 오지 않는 누군가를 기다린다는 것은 언제, 어디서나, 누구에게나 힘든 일이다. 그러나 '화랑'도 '신랑'도 아닌 평범한 '낭도'가 맡겨놓을 '준마'도 없이 걸어서 '신라호텔'에 도착했을 때는 그 기다리는 심정이 더욱 복잡할 것이다. '신라'의 발음에 여러 행을 할애한 것은 그만큼 화자에게 신라호텔이 무게감 있는 곳이라는 점을 독자에게 환기시킨다. 오지 않는 사람을 기다리며 책을 읽고, 그것도 음악을 듣고 커피를 주문해봐도 그는 오지 않는다. "브리핑을 들어야 하"는 입장에서 호텔 커피숍을 박차고 나올 수만도 없는 처참한 심정을 시인은 여러 가지 언어유희를 이용해 역전시켜놓고 있는 것이다.

이러한 언어유희 외에도 『지금은 애인들을 발표할 때』에서 눈여겨보아야 할 시들은 많다. 류흔은 서정 편파적인 시인이지만 「빨간 저녁」처럼 서사적인 시들도 드문드문 있다. 그리고 앞서 인용한 「키스」처럼 언어의 경제성을 통해 짧은 시의 미학을 보여준 시가 있는가 하면 「아침보다 먼」, 「낭만파 고수의 삶」, 「목격자」, 「나는 문외한이다」, 「암막커튼 밖으로 폭풍우 우거지던 낮의 기록」, 「잘못했어요」, 「물음들」, 「돌」처럼 요설스러운 시들도 많다. 그런가 하면 「점」이나 「비」처럼 시의 형태를 의식하면서 쓴 시들도 있고 아예 「간신히」처럼 산문시로 쓴 것도 있다. 번득이는 아포리즘들도 주목할 만하다. "느리고 기인 일생 // 죽기 직전에야 안다 인생은 / 짧다는 것을"(「인생」), "누구나 한 번은 죽고 / 한 번만 죽는다"(「누구나」), "그리움은 수용성이라서 / 안에 갇혀 밖으로 나가지 못한다"(「첫사랑」) 등의 수많은 경구는 그의 삶의 체험이 결코 간단치 않았음을 보여준다.

한마디로 류흔 시인은 『지금은 애인들을 발표할 때』를 통해 자신이 쓸 수 있는 시의 모든 것을 보여주고 있다고 보아야 할 것이다. 적어도 지금까지의 그가 할 수 있는 선에서는 모든 것을 다 보여주었다고 말이다. 앞으로의 그가 어떤 작업을 계속하게 될지는 모른다. 이것은 겨우 그의 두 번째 시집이며 그의 업은 시인이므로.

Ⅶ. '몸시'를 향하여

사실은 이 시집의 해설을 좀 특별하게 쓰고 싶었다. 시인이 이렇게 거대한 책략을 가지고 있으니 시의 해설도 그에 걸맞아야 할 것 같았다. A4 용지에 12포인트로 뽑은 어마무시한 분량의 시들을 끌어안고 있다보니 절로 류흔 시인의 시세계에 감동감화 받게 되었다고 해야 할까? 전에 본 적 없는 스타일의 해설, 전혀 무겁지 않고 재미있는 해설, 그러니까 이 시집의 두툼함을 좀 녹여줄 수 있는 말랑말랑한 해설을 쓰고 싶었던 것이다.

그러나 어느 순간 『지금은 애인들을 발표할 때』야말로 일반적인 시집의 뒤에 붙는 반듯하고도 모범적인 해설이 필요하다는 것을 깨닫게 되었다. 그리고 무엇보다 류흔 시인이 그것을 원하고 있겠구나 하는 것에 생각이 미치게 되었다. 이 시집은 『꽃의 배후』에 이은 그의 두 번째 시집이지만 해설이 붙은 시집으로는 이것이 첫 번째가 된다. 이런 모든 것을 잘 알고 있음에도 불구하고 해설이 그런 식으로 쓰여지지 않았다면 그것은 전적으로 나의 실력 부족 탓이다.

나는 류흔 시인이 『지금은 애인들을 발표할 때』에 전존재까지는 아니더라도 자신의 대부분을 걸고 있다고 생각한다. 자기 자신을 아낌없이 쏟아부었다고 생각한다. 자신이 보여줄 수 있는 모든 것을 보여주려고 했다고 생각한다. 그의 거대한 책략이 322편에 이르는 시를 한 편도 뺄 수 없게 만들었을 것이고 시집의 디자인부터 글자의 포인트며 글자체까지 일일이 관여하게 했을 것이다. 최종적으로 그런 것들이 받아들여졌는지 어쨌는지는 모르겠으나 그가 이 시집에 거는 기대만큼은 또렷하고 분명하다.

로마의 황제 네로는 폭군으로도 유명하지만 시인으로도 널리 알려져있다. 오죽하면 로마를 불바다로 만든 것도 시를 쓰기 위해서라는 확인되기 어려운 이야기까지 널리 퍼져있겠는가. 그런 황제도 시의 청중들 앞에서는 겸손했다. 그가 참여한 시 경연대회의 심사자들 앞에서는 두려워하며 떨었다. 조바심을 가지고 심사 결과를 기다렸다. 『지금은 애인들을 발표할 때』를 세상에 내어놓는 류흔 시인의 심정이 그와 비슷할 것이라고 생각한다. 자신의 제국에서 십여 년간 축조한 시들에 대해 과연 심사위원들은 이 시집에 어떤 판정을 내릴 것인가? 지금은 『지금은 애인들을 발표할 때』를 읽을 때이다. 읽고 상을 내릴지 아닐지 정해야 할 때다. 나는 이미 상을 내렸다. 이제 여러분들이 판단할 차례다. ■

지금은 애인들을 발표할 때

1판 1쇄 발행	2021년 12월 31일
1판 2쇄 발행	2022년 5월 25일
지은이	류흔
발행인	윤미소
발행처	(주)달아실출판사
책임편집	박제영
디자인	전형근
마케팅	배상휘
법률자문	김용진
주소	강원도 춘천시 춘천로 257, 2층
전화	033-241-7661
팩스	033-241-7662
이메일	dalasilmoongo@naver.com
출판등록	2016년 12월 30일 제494호

ⓒ 류흔, 2021
ISBN : 979-11-91668-26-1 03810